岬

柴田翔

幻戯書房

目次

Everything comes to those who wait.

岬

師の恩

戦争が激しくなるにつれて、男の先生たちの数は少しずつ減って行った。年に何度か、朝礼のとき、白いたすきをかけた先生が校長先生と一緒に緊張した表情で壇の上にあがり、私たち全校生徒に出征の挨拶を述べた。

私の通っていた東京の郡部に近い小学校でも、出征する先生の挨拶が終ったあと、全校の先生、生徒は近所の天祖神社で戦地へ向かう先生の武運長久を祈った。霜解けの朝など、「祝出征」の白だすきのせいで少し見慣れぬ感じになった先生を先頭に、先生と生徒の長い列が道に敷かれた藁《わら》と日ざしにゆるんだ泥とを足でこね、はねちらかしながら、天祖神社へのひなびた田舎道を進んで行った。冬枯れた畑の向うには、最近できた硝子《ガラス》工場の灰色の建物が晴れた空を鋭角に区切り、川の流れるその崖下の低地には工場で働く朝鮮人たちのためのバラックが数棟、大地にへばりつくように並んでいた。

神社に着くと、先生と生徒たちは出征する先生の武運と皇国の勝利を祈って柏手《かしわで》を打ち、長い黙とうをささげた。終りの合図で顔を挙げ、眼を開くと、よく知っている天祖神社の風景が、じっと閉じていた眼に驚くほど明るく飛び込んできた。

ある中年の先生を見送った時には、黙とう終りの合図で顔を挙げてみると、合図が聞えなかったのだろうか、ただ出征する先生だけが、社《やしろ》の前の少し高くなった石だたみの上でじっとゴマ塩頭を垂れたまま、身じろぎもせず、立ちつづけていた。

若い、まだ子供のような顔をした先生が出征したこともあった。参拝が終ったあと、みんなの先頭に立って天祖神社の長い石段を降りて行く先生の、丸い、刈り立ての坊主頭が、後からついて行く私たちの目の下で、朝の光に青く照らされていた。ちょうど、長雨のあとで、道がひどくぬかるんでいた。私たちの前を歩いていた一年生の女の子がぬかるみに足をとられて、下駄の鼻緒を切り、はずみで泥のなかにうつぶせに転んで泣き出した。

先頭に立っていた先生は泣き声を聞いて立ち止まった。そして、急に引きつけられるように駈け戻ってくると、泣いている子を抱き起こし、腰のバンドから手拭を抜いて、その涙と泥を拭いた。そしてにっこり笑うと、洗濯したばかりの国民服の背に、素早くその子を負ぶった。

「あら、先生、汚れますわ」

宮原先生が、驚いたように声をかけた。が、若い先生は童顔に楽しそうな笑いを浮べて宮原先生の方を振りむいただけで、すぐ、その子を負ぶったまま行列の先頭に駈け戻った。

一時止まっていた行列は、一年生を負ぶった先生を先頭にまた動き出した。背負われた一年生の子は、少ししゃくり上げながらも次第に泣きやみ、片手に鼻緒の切れた下駄をぶら下げ、先生の広い肉づきのいい背中に頬を押しつけて、眠り込んだように動かなかった。

宮原先生は、一年生の時から私たちの担任だった。男の先生の数が次第に減り、近所にいくつかの軍需工場ができて転校してくる子もふえたので、一クラスの人数が多くなって、担任の先生もいろいろ変ったが、私たちの宮原先生だけは変らなかった。

宮原先生は、はじめての日、緊張して椅子に坐る私たちに、

「みなさん、こんにちは」

と、元気よく、まるで自分も生徒のようなお辞儀をした。

「みなさんは今日から一年生。先生も、今日から、先生の一年生。よろしくね。先生の名前は、み、や、は、ら。宮原です。よく覚えて下さいね。お宮さんに、原っぱ。ひろーい原っぱのなかの、赤い鳥居のお宮さんですよう」

先生は、丸い顔を真っ赤にしながら話し続けた。


二年生になると、週に二日、午後の授業が始まり、その日は弁当を持って行くようになった。新聞紙の包みを開いて弁当を取り出し、当番の六年生の大きな薬缶《やかん》からアルミ弁当箱の薄いふたに白湯《さゆ》を注いでもらうと、自分がもう一年生ではないのだという実感が、顔の前に立ちのぼる湯気の少し金属臭いかおりと一緒に、誇りをもって匂

ってきた。宮原先生も、いつも教壇の上で、生徒と一緒に弁当箱を開いた。

ある日、ひとりの子の弁当がなくなるという事件が起きた。半べそをかいている子のまわりに、私たちはわっと集った。

「さあ、みなさん、どうしたんです。席に戻りましょうね」

宮原先生は教壇から下りてきて、そう言ったが、先生の優しさに甘えて、私たちはみなてんでに立ったまま、騒ぎ続けた。

「どうしたの。よく探してみた？　確かにランドセルに入れたの？　落しはしなかった？　途中でランドセルをさかさになんかしなかった？」

宮原先生は優しくたずねたが、聞かれた子は、返事の代わりに、半べそのままうなずいたり、首を振ったりするばかりで、もう少しで泣き出しそうになっていた。宮原先生も、どうしていいか判らぬ様子で、黙ってしまった。

「俺、知ってらあ」

まわりを取り囲んでいた私たちのうしろで、腕白のTの声がした。私たちはいっせいにふりかえった。Tはみなに見られ、勢い込んで言った。

「チョーセンが取ったんだ」

みなの視線が、窓際近くの席に坐る、最近転校してきた朝鮮人の子どもたちへ向いた。

「駄目ですよ！」

宮原先生の当惑した声がTをたしなめた。

「よくも判らないのにそんなこと言っては」

Tは口をとがらせた。

「だって、工場ができてから、ものがよくなくなるって、みんな言っているもん」

「そんなの、ただの噂でしょ。噂なんかを信じたりしちゃ駄目」

先生の強い口調に、教室は静まった。

「おい、李、机をあけてみろよ」突然、Tが叫んだ。「なか、見せてみろよ」

李と呼ばれた少年は、窓際の席に坐ったまま、ぴくりとも動かなかった。それを見て、Tの子分が二、三人、李のところに駈けより、先生が止める間もなく、逆らおうともしない李を押えつけ、その前の机を開いて、なかからアルミの小判型の弁当箱を見つけ出した。

「あ、もう、みんな食ってある」

ひとりがそう叫んで、その弁当箱を、弁当がなくなった子のところに持ってきた。

「これ、お前んだよな」

聞かれた子は、黙ってうなずいた。

「本当に、これ、あなたの?」

宮原先生が泣き出しそうな声で、念を押した。その子は、もう一度うなずいた。李の前に立った先生は、何も言わず、当惑し切ったように、うつむいた李の顔を見ていた。先生の眼からは、今にも涙が溢れそうだった。


宮原先生が病気や用事で来られず自習になった時は、隣の教室からよく和気田先生が様子を見に来てくれた。

いつも黒い背広の和気田先生は、お父さんたちよりも年上で、少し厚味のある声で穏やかに、いろいろのことを話してくれるのだった。

「工場のそばの川のところに、朝鮮から来た人たちが住んでいるのは、みんな知っているね――」

和気田先生はある日、話し始めた。弁当の事件があって、しばらくした頃だった。和気田先生は一度、言葉を切り、姿勢を正し、少しだけ緊張した真面目な表情で続けた。

「みな赤子《せきし》って判るね。日本人も朝鮮人も、みな天皇陛下の大切な赤子なのだよ。みんなのお父さんやお母さんにとってみんなが大切な赤ちゃんだったように、日本人も朝鮮人も天皇陛下にとって、一人一人が大切な赤ちゃんなのだからね。だから、日本人だ、朝鮮人だと言って区別してはいけない。判るね――」

幼い私たちに和気田先生の言ったことのすべてが判った訳ではなかった。でも、和気田先生の静かでゆっくりした声を聞いていると、何か大事なことを先生が言っていることは判って、みなシーンとなるのだった。

宮原先生が結婚したのは、その年の冬だった。冬休みが終って三学期が始まった日、宮原先生は顔を少し紅《あか》らめて、教壇に立った。

「みなさん。みなさんは、お正月の休みに、何をしましたか。先生はね、お嫁に行きました。お嫁さんになってね、結婚したんです」

先生の横顔には日射しが直接当って、火照っていた。校庭では、ゆうべ降った淡雪が早くも溶け始めていた。先生は幼い生徒たちにむかって、顔を少し赤らめながら語りかけた。

「みなさん、結婚って、何だか知ってるでしょう。お嫁さんと旦那さまが一緒に暮すことですね。先生の旦那さんは、き、た、は、ら、北原って言います。だから先生の苗字も北原になりました。北の原っぱ。おかしいわね。お宮のある原っぱが、北の原っぱ、さむうい北の原っぱになってしまったの」

宮原先生はそう言って、ひとりでおかしそうに笑い声を挙げた。

「あれえ、先生、結婚して、嬉しがってらあ」

Tが、机をがたがた言わせて、悪態をついた。

「ええ、嬉しいですよ」

からかわれた宮原先生は、顔を紅くし、子供相手に本気で言い返した。

「結婚ていうのは、とても大切なことなのよ。Tくんのお父さんとお母さんだって、結婚しているでしょ。二人で仲好しでしょ。だから……」

「ひぇー。ケッ、ク、コ、ン！　Tの父ちゃんと母ちゃん仲好し、ひぇー」

Tのまわりの早熟な悪童たちが冷やかしているような、照れているような声を挙げるのにもかまわず、先生は続けた。

「……二人で仲好しでしょ。だから、Tくんみたいな元気な、かわいい子供がいるんですよ。Tくんだって他の人だって、大きくなったら、やはりみんなお嫁さん、もらうんでしょう。そうしたら、みんなは男なんだから、お嫁さんに優しくしてあげなければいけないんですよ。威張る男の子なんて、先生は嫌い。威張るのは弱虫で、強い男は優しいの」

宮原先生は、ふと、急に何か思い出したように、口調をかえた。

「女子組の生徒をいじめる子なんかは、一番の弱虫よ。Tくんはこの間、元日の式の帰りに、女の子を追っかけて泣かせたでしょう。先生は、ちゃんと知ってるんだから」

話の様子が変ったのに面食らったTは、あわてて答えた。

「俺、そんなことしないよ」

「駄目です。先生は聞いたんだから。でも先生はね、Tくんは悪い子じゃないから、遊びたくって追っかけたんでしょって、女子組の先生に言っておきました」

「俺、トンボやろうと思ったんだよ」

宮原先生は眼を丸くしてTの顔を見つめ、笑い出した。

「お正月に、トンボ！」

「本当だよ。俺、トンボやろうと思ったんだ」

「そうなの。トンボあげるつもりだったの。ではね、これからはね」宮原先生は笑いながら続けた。「遠くの方から、オーイ、トンボヤルヨーって、言ってから、追っかけなさいね。トンボ、ヤルヨー。ダカラ、遊ボオヨーって。そうすれば、女子組の人も、喜んで遊んでくれるわよ」

Tは、顔を赤くして、暫くもじもじしていたが、思い切ったようにたずねた。

「先生。先生の結婚した人、強いかい」

「強いわよ。双葉山みたい」

宮原先生は、また新たに笑い出しながら答えた。

「優しいかい」

「優しいわよ。お兄さんみたい。とてえーも強いから、とてえーも優しいのよ」

Tは真面目な顔で、宮原先生の顔を見つめていたが、急に、いきなり言った。

「先生、おめでとう」

宮原先生は、驚いて眼を見張ったが、すぐ幸せさで一杯の笑い声を挙げた。

「おい」Tは、自分のまわりの子分たちに、生意気そうに、あごをしゃくった。「ほら。お前たちも、言えよ」

子分たちは、口々に「先生、おめでとう」「先生、おめでとう、ございまあす」と言うと、てんでに立ってお辞儀をした。

「まあ、何です、Tくん、そんな……」

宮原先生の幸せそうな笑い声は、教室に一杯になり、窓ガラスを通して、暖かい日差しに照らされた冬の運動場へと拡がって行った。私たちの方を見る先生の眼は、やわらかい優しさにうるんで、もう生徒たちを、というより、雪で湿った木の床や机の上から日差しに暖められて立ちのぼる陽炎《かげろう》のなかに、眼には見えない何かを見ているようだった。

また四月が来て、私たちの組は宮原先生の持ち上がりのまま三年生になった。ある朝、校長先生がいつにない緊張した表情で壇上に立ち、連合艦隊司令長官が戦死したことを告げた。

「敵、米英も必死なのです。みなさんもいっそう心をひきしめて、敵に負けぬよう、長官のあとを継げるよう、一生懸命励まなければなりません」

宮原先生は生徒たちの列に向い合って立ち、目を伏せ、足元を見つめていた。隣りでは和気田先生が、いつものように黒い背広を着て、気をつけの姿勢を崩さぬまま、生徒たちの頭越しに何処か遠い一点を見つめていた。

「おい、宮原先生、今日は来ないぞ！」

二学期になって間もないある朝、Tがランドセルをはずませて教室に駈け込んできて、大声で言った。騒々しい始業前の教室が、一瞬静かになった。

「さっき、駅の方へ走って行った」

Tの言った通り、その日宮原先生は私たちの教室に来なかった。その日だけではなく、それから三日間、宮原先生は休みだった。私たちは自習をしたり、時々和気田先生が見まわりに来たり、時間によっては校長先生や色々の先生が、交替で教えに来た。和気田先生は私たちに、宮原先生のご主人が出征することになり、先生はご主人と一緒にご主人の田舎に行ったのだと教えてくれた。

放課後、私は、二、三人の子分を引きつれたTに会った。

「おい」と、Tは私に声をかけた。「俺たち、これから天祖神社へ行って、宮原先生んとこのオヤジの武運長久を祈るんだ」

「俺も行く」

私はそう言って、すぐに駈け出した。

「おい、ずるいぞ、待てよ」

Tたちも私を追って駈け出し、私たちは息をはずませて天祖神社まで駈け続けた。長い階段を一気に駈けのぼると、杉の老木に囲まれ静まり返った午後の境内は、秋の木洩れ日ばかりが明るく地面に映っていた。私たちは神殿の鈴を鳴らし、力一杯柏手を打って、その音の大きさを競い合いながら、神前に頭をたれ、何度も祈った。


三日たって四日目の朝、教室に入ってきた宮原先生は、いつもとは違う表情だった。

「先生のご主人は兵隊さんになりました。戦地で敵と戦うことになったのです」

宮原先生は、私たちひとりひとりの顔を見つめるように見まわして行き、そして言った。

「だから先生もそれに負けぬよう、お国のために、天皇陛下のために尽くしたいと思います。みなさんももう三年生なのです。銃後の少国民として最後の勝利のために努力しなければいけません」

それは、私たちの見慣れた宮原先生ではなかった。その声には何か聞き慣れない、異様なもの、私たち子供を怯えさせるものがあった。私もTも、天祖神社に参拝したことを先生に聞いてもらうのを楽しみにしていたのだが、何故か、もう、それを口に出すことができなくなっていた。

和気田先生は、いつも黒い同じ背広を着ていた。その頃、男の先生たちはみなカーキ色の国民服だったが、和気田先生が国民服を着ているのは見たことがなかった。運動会の時など、頭にはカーキ色の兵隊帽をかぶり、脚にも同じ色のゲートルを巻くことはあったが、着ているのはいつも黒い背広だった。

朝礼の時、和気田先生はいつもこちらを向き、宮原先生の隣りで気をつけの姿勢で立っていた。よく見ると先生の黒い背広のへりは胸元から下の方までずっと擦り切れていて、そこを黒い糸で上から下まで丹念にかがってあるのだった。

宮原先生が休み、和気田先生が代わりにきたとき、先生は私たちに、大きくなったら何になりたいか、たずねた。私たちは順番に、声を張り上げて戦車兵、航空兵、海軍と、答えて行った。私たちの答えたのは、どれもみな、兵隊さんばかりだった。私たちがみな答え終ると、先生は教壇の上の椅子に姿勢正しく腰掛けたまま、みんなにむかってゆっくりと言った。

「みんな元気で、勇ましいね。みんな丈夫で大きくなって、お国のために働くのだよ。みんなが大きくなって、働くようになれば、日本も、もっともっとよい国になるだろう。世のため、人のため、お国のためになる仕事は、沢山あるのだから、頭のいい人は科学者になるのもいいし、身体の丈夫な人はお百姓になるのもいい。兵隊さんになっても、科学者になっても、お百姓になっても、誠心誠意、一生懸命やりさえすれば、みな同じなのだよ。何になってもいい。ただ、威張らない、ひとをだまさない、ひとにも自分にも嘘をつかない人間になって、どんなことにもへこたれず、最後まで頑張って生きて行くのだよ」

私たちは何故か、みなしんとなって、先生の言葉を聞いていた。


次第に食糧の遅配が始まり、三年の始めの頃から、学校ではそれを補う少国民のための特別給食が始まっていた。給食はみそ入りコッペパンか、雑穀入りのお粥ご飯に汁かおかずが一品ついた。

宮原先生のご主人が出征してからしばらくしたある冬の日、しゃけ汁がおかずに出た。汁がたぷたぷ鳴っているばけつを二つ、当番が運んでくると、湯気と一緒に久しぶりに嗅ぐしゃけのおいしそうな匂いがいっぱいに拡がり、めっきり寒くなった教室のなかに幸せな期待が立ちこめた。

当番が運んできた食事をみなに配り、出征兵士の武運を祈っての食前の黙とうが終ると、みな一斉に「いただきます」と唱えて、食事が始まった。だが、汁に口をつけたとたん、期待は裏切られた。汁は恐ろしく塩辛かった。教壇の上の宮原先生も一口、汁を口に含んだまま、実に奇妙な表情をした。

あれは長期保存用の塩蔵鮭だったのだろうか。宮原先生は、生徒たちに見られているのを知って、表情を引きしめ、その汁をぐっと飲み込んだ。そして言った。

「みなさん、いいですか。これはあなた方、少国民の、立派な身体をつくるための特別な給食なのです。戦地の兵隊さんたちに感謝して、ご飯もお汁も、少しも残さずに食べましょうね」

だが、宮原先生の言葉にはどこか生気がなかった。それは、以前のような、本当に宮原先生の口から出た生きいきとした言葉ではなく、それでいながら、何かひどくせっぱつまった響きがそこにはあって、私たちをおびえさせた。私たちは、目を伏せてむりやり塩じゃけの汁を口に運んだ。

けれども、その汁はいかにも塩辛すぎた。私たちは形ばかり汁をすすり、そこに浮ぶしゃけの身を少しつついては雑穀まじりのお粥ご飯を口へ運び、教壇の宮原先生の方をうかがっていた。宮原先生は思いつめたようにきびしい表情を少しも崩さず、金属のお椀の辛い汁を飲んで行った。

「俺、こんな辛いもの飲めねえよ」沈黙をやぶったのはTだった。「口が曲がりそうだ」

私たちは一斉に食べるのをやめて、Tと宮原先生を半分半分に見た。先生は一瞬たじろいだようにTの方を見た。が、次の瞬間、その表情をいっそう引きつらせた。

「何を言うんです」苛立って甲高い声が、先生の口から出た。「戦地の兵隊さんのことを考えなさい！」

「辛すぎて、口がひん曲がっちゃわあ」Tはやけになったように言い返した。先生は、反射的に立ち上がると、Tのところに近づき、いきなり平手でTの横顔をはたいた。Tは息をのまれたように口をつぐんだ。

「いいですか。戦地の兵隊さんは、戦地の兵隊さんは」興奮のあまり、先生は吃《ども》った。「戦地の兵隊さんは、一日だって、二日だって、一週間だって、何ひとつ食べるものがないことだってあるんですよ。眠ることも休むこともしないで、まる一日中ぬかるみのなかを歩きつづけるんですよ。故郷からの手紙ひとつ届かずに、歩きつづけるんですよ。お母さんのそばに寝ることなんか、もう絶対にできないんですよ。――それに比べたら、辛い汁を飲むことくらい、なんです。Tくん。さあ、お椀を手で持ちなさい。持たないんですか。この手で持つんです」

先生は渋るTの手をつかんだ。そして、壁に立てかけてあった黒板用の竹の棒を自分の手に取った。

「さあ」宮原先生の声は上ずった。「飲むんです」

その時、誰かが低い声で「あっ」と囁いた。教室の扉が開き、そこに隣りの教室の和気田先生がいつもの黒い背広を着て、いつもと変らない穏やかな表情で立っていた。それに気づいた宮原先生が身を固くすると、和気田先生は誰に言うともなく、ゆっくりと、「むりに飲まなくてもいいから」と言った。

そして低い声で二言、三言、宮原先生に何か言いながら、先生を抱きかかえるようにして、教室から連れ出した。

教室を出るとき和気田先生はちょっと立ち止り、私たちをふりかえって言った。

「みんな、そのまま静かに待っているように。Tは坐っていい」

二人の先生が出て行ったあと、Tは自分の席に坐るとしくしくと泣き出した。Tが学校で泣くのを見るのは初めてだった。静まりかえった教室のなかで、Tの泣き声だけが低く聞こえていた。

しばらくして、和気田先生がひとりで戻ってきた。和気田先生は、自分のご飯と汁の椀を持って、宮原先生の代わりに教壇の椅子に坐った。

「さあ、お昼ご飯を続けよう」和気田先生は少し淋しそうに笑って、言った。「この汁は塩辛すぎるから、飲まなくてもいいよ。なかの身だけ拾って食べなさい」

私たちは、もうすっかり冷めたしゃけ汁から、なかの身を拾いだし、やはり冷たくなって、ぐちゃっとした雑穀ご飯の上に乗せて、黙々と食べ始めた。

四年生の夏のはじめ、サイパン島が陥ちた。ラジオは連日、日米艦隊の決戦、守備隊の奮戦、そこに暮す邦人たちの健気さ、そして兵士たち、住民たちの悲壮な最期を伝えた。

たぶん、学校が夏休みに入った頃だった。日曜日、父がうちにいた私に声を掛けて、散歩に連れ出した。

戦争がまだ拡がっていなかった頃、夏の夕方など、若い父は気が向くと家族を連れて散歩に出ることがよくあったが、そういうことももう久しくなくなっていた。

父はその日、まだ二人兄弟の末っ子だった私を連れ、何を話すということもなく十分ほどゆっくりと歩いて、小さな住宅地の反対側にある知人の家を訪ねた。

知人と言うより、学生時代からの古い友人と言うほうがいいのかも知れない。父がその知人の勧めで借家暮しを切り上げ、初めてのささやかな住まいを月賦払いでその土地に持ったことは、いわば家族内の古い神話で、幼い私も知っていた。

知人は父を見ると、縁側に将棋盤を持ち出した。二人は穏やかに話しながらゆっくりと将棋を指した。

二人はあのとき、何を話していたのだろう。幼い私は縁側に腰掛け、ただ二人の静かな気配を背中に感じながら、小さな庭や明るい空を眺めていた。


縁故疎開が始まり、一時は男の先生たちの出征で満員だった学級の人数も次第に減って行ったが、ある日、急に隣りの学級と一緒になって、また大勢《おおぜい》の子どもたちが一つの教室にぎっしりと机を並べ、和気田先生がその担任になった。

秋にはサイパン島からの初空襲があって、十一月には私たちの学年からも集団疎開が始まった。淋しい秋の道をクラスの半分を超す疎開組が、列を組み、ランドセルを背負い、小さな包みをひとつ持って歩いて行くのを、私たち居残り組は道の両側に並んで見送った。Tは疎開組だったが、防空頭巾に顔を包み、いつに似合わずぼんやりした表情で、こちらを振りむきもせず駅の方へ歩いて行った。

数日前の和気田先生の言葉が、ふと心に戻った。先生は言った。

「向こうへ行ったら、Hの世話もみんなでよく見てやるのだよ」

その時は何となく聞き過ごした先生の言葉だったが、その意味が、いま疎開組を見送りながらゆっくりと判ってきた。私がずっと、無口でおとなしいとだけ思ってきたHは、知恵遅れだった……。

四年生になっても私はどこかまだ、ぼんやりとした、幼児めいた心を残して暮していたのだった。

Hを気づかう和気田先生の真面目で深い声がもう一度、心に聞こえた。


宮原先生ももう私たちの担任ではなく、疎開する生徒たちにつきそって集団疎開へ行くのだった。

集団疎開の始まる少し前、私は夕方、忘れ物をとりに教室に戻ったことがあった。晩秋の校舎はがらんと淋しく、私は思わず足音を忍ばせて、薄暗い教室に滑り込んだ。そして自分の机へ行こうとして、気がつくと、窓際の椅子に宮原先生がひとりで、ぼんやりと腰かけていた。宮原先生は物音にびくっとした様子でふりかえったが、生徒だと判ると、じっと私の方を見つめた。私は、また何か怒られるのだろうかと思って、足がすくんだ。が、宮原先生は立ち上がると、疲れて沈んではいるが、思いがけず優しい声で話しかけた。

「何か忘れもの？　見つかったら、さあ、先生が途中まで送って行ってあげましょうね。君は居残り組だったわよねえ。……どんな所なのかしらねえ、向うは？　東京だと、こんな畑の中のところまで空襲だなんて、ほんとうに来るのかしら？」

私たちは人気《ひとけ》のない校庭を横切って校門の先の坂を下り、角の文房具屋のところまできて別れた。いつも学校の帰り、Tやその子分たちと小競り合いをしながら坂を下りてくると、奥からおばさんが出てきて、恐い顔で止めに入ったのだった。いま、文房具屋の奥では灯火管制で黒い布におおわれた電燈が、黄色い乏しい光をわずかに洩らし始めていた。

もう夕暮れだった。先生と別れて私は駈け出した。次の曲がり角まで駈け続けて振り返ってみると、文房具屋の前に宮原先生がまだ立って、こちらを見送っているような気がしたが、次第に濃くなる夕闇のなかにすべては溶け始めていて、よくは判らなかった。

正確には何年生の時ともはっきりしない断片的な光景も、遠い記憶の中に浮遊している。

その頃、相変らずさわがしいTとその子分たちがうっとうしくなっていた私は、休み時間をよく朴と過ごしていた。

朴はことによったらみなより一年ぐらい、年上だったのかも知れない。体格がよく、朝、朝礼前の運動場で私を見かけたりすると、その大陸系のいかつく角張って少し赤らんだ顔に明るい笑いを浮べて駈けよってきた。

そういう時、私たちはいったい何を話していたのだろうか——。

ある昼休み、私たちはいつものように、あまりみんなの来ない片隅でふざけていた。あるいは何か罪のない言い争いをしていたのかも知れない。それが半ばふざけての取っ組み合いから、次第に本気の取っ組み合いになって、力の弱い私はたちまち組み敷かれてしまった。

力が弱いくせに負けず嫌いだった私は、どうにかしてはねのけようとしたが、朴は更に力をこめて私を押えつけ、言った。

「おい、降参するか」

そのとき私は、それは決して言うべきではない言葉だと知っていたし、またそのことを考えてもいなかった。だが押え込まれた口惜しさに、私はその言葉を言っていた。

「何だと、朝鮮人！」

その瞬間、馬乗りになって私を抑えつけていた朴の表情が変った。私を押えつける朴の力は、今までふざけ合っていた時の力とは全く違うものになった。

「お前だけは言わないと思っていたのに！」

それを朴が言う前に既に、少年の私は、自分が決して取り消せない、決定的な誤ちを犯したことを知っていた。

「ごめん」と私は即座に言ったが、言ったことは取り消せないのだった。

「もう言わないか。二度と言わないか」

朴は更に強い力で私を押えつけ、くりかえしたが、その声には暗い失望が響いていた。

「言わない。ごめん。もう二度と言わない」そうくりかえしながらも、言ってしまったことはもう取り戻せなかった。

遠くで、昼休みの終わりを告げる鐘が鳴っていた。朴はあきらめたように、力をゆるめた。

「もう、きっと言わないな」

朴はそう言いながら立ち上がり、今まで押えつけていた私に手を延ばし、引っ張り起こした。だが、その眼には、今まで私が見たことのない暗い沈黙が沈んでいた。


秋に始まったサイパン島からのＢ29の飛来は、はじめは一機、二機が偵察のために、その機影を高く晴れ上った東京の秋空に映しながら通り過ぎていくばかりだったが、それはたちまち、数十機のＢ29の編隊となって夜空を覆い尽し、連夜、都内の各所が火の海と化して行った。

集団疎開に行くこともなく、東京市の西の外れに留まった私の家の小さな防空壕の入口に立つと、毎夜、東の空が明るく燃えた。大きなＢ29の機体に豆粒のような戦闘機が体当りし、弾かれて、くるくると舞いながら、やがて小さな炎となって落ちて行き、Ｂ29はわずかに黒い煙を引いて、高度を低めつつ、なお飛び続けた。

そうだ、航空兵になればいいんだ、と少年の私は考えた。首都防衛隊員になってあの戦闘機のように敵機に体当りする。そして、くるくると舞いながら落ちて行くその瞬間に、空へ飛び出せばいい。そうすれば落下傘が大きく開いて、空を落ちて行くその身体を空中に受け止め、そして、風に運ばれて降りて行く先は味方の土地なんだ……。

年が明け、三月には東京は都心も下町も焼土となって、五年生になる四月になっても、東京に残った児童たちのための授業は始まらなかった。同じ月、沖縄には米軍が上陸し、父のところへ二度目の召集令状が届いた。

父は軍需工場の技術主任で、召集猶予になっていたらしいが、管理するべき軍需工場は既に焼跡になっていた。

父が入隊のため本籍地へ旅立つのを見送り、私は母と縁故疎開をすることになった。中学生の兄は既に山国の工場に学校ごと動員されていた。疎開先は、母が遠い縁故を辿って見つけた町だった。

転校の手続きのために訪れた国民学校に、もう生徒たちの姿はなかった。母が手続きをする間、私は人気《ひとけ》がなくなって急にがらんと大きくなった建物のあちこちを、覗いて歩いた。

朴の姿も、いつということなく、見かけなくなっていた。

手続きを終った母に呼ばれ、私は教員室に行った。そこには和気田先生がいて、私を見て手招いた。

「さあ、教頭先生にご挨拶をして」

母が言った。

他の先生たちがみな出征や集団疎開の世話で学校を離れたあと、和気田先生がひとり、留守の責任者として残っていた。

私は先生の前に立った。先生の擦り切れた黒い背広のへりは、今日も変らず上から下まで丹念にかがってあった。

「君も疎開だそうだね」先生はいつものように真面目で少し深い声で、ゆっくり言った。「寒いところだ。身体に気をつけて」

「はい」私は少し緊張し、少し晴れがましい気分にもなっていたのだろうか。和気田先生の前で気をつけの姿勢をとり、そして答えた。「むこうへ行ったら一生懸命勉強して、お国のために役に立つ人間になり……」

だが和気田先生はうんうんとうなずきながら右手を挙げ、その手で私の言葉を、もう、いいからとさえぎるようにして言った。

「寒い、知らない土地だからね。何よりも、毎日の、お母さんの手助けをね。そして身体を大事にするのだよ。いのちを大切にするのだよ」

そう言った先生の顔には、真面目で穏やかな微笑みだけが浮んでいた。

私は先生の、それと同じような、穏やかで静かで真面目な声をどこかで一度聞いたと思ったが、それがいつ、どこだったのかをすぐには思い出せないまま、急に恥かしさに襲われた。自分のいま言ったことがみな、本当の心ではまったく思っていないことだったと気づいたのだった。

和気田先生は顔を赤らめて立つ少年の私に、何度も、大丈夫、大丈夫というように頷いてみせた。

先生は教員室の出口まで、私たちを見送ってくれた。廊下の角でもう一度振り返ると、先生はまだ出口のところで私たちを見送りながら、それと一緒に、何か遠くにあるものを見続けているかのようだった。

夏の光

1

梅雨の雲が急に切れて、明るい朝の陽光が大気を輝かせ、水気をいっぱいに含んだ駅の花壇の黒い土からは陽炎が燃え立っていた。近づくオリンピックへの協力を呼びかけるポスターが湿った南風に鳴り、電車を待ちながら信介は、もうすぐ夏なのだなと考えた。熱い砂に灼ける肌の感触、いがらっぽい潮風の匂い——。信介は一瞬幸福だった。焼跡の東京で迎えたあの敗戦の夏。あれからもう何遍目の夏なのだろう。生きているのはそう悪いことではないなという感じが、しばらくの間、信介の心のなかに確実に漂っていた。

やがて電車が入ってきた。九時近くの郊外電車は、もうそれほどの混み方ではなかった。吊革につかまり、ゆっくりと中程に立った信介は、ふと斜め向うの扉際に立つ、あの男に気づいたのだった。男に気づいた信介の心に暗い渦が拡がった。明るい陽光を外に眺めながら、にわかにその渦へ、そして底知れぬ目まいのなかへ引き込まれて行くかのようだった。

あの男——そうなのだ。その男を見るのは、初めてではない。見ぬ時、男を思い出すことは稀だった。だが、初めて見た時の驚きは、いつも心の底に重く沈んでいた。

男はいま、顔の右半分をこちらに見せ、扉にぴたりと身体を寄せて立っている。平凡な顔立ち、身体つき。眠そうな眼、たるみ始めている頬、大柄な身体——。それらみなが集って、全体に幾分鈍重な印象を与えている。ただ、扉際にぴたりと寄り添って立っている、その立ち方だけが、全体の印象とどこかそぐわない。ことによったら人は、その不均衡を支える緊張に、かすかに何かある特殊な不幸の匂いを嗅ぐだろうか。

いや、それは思い過ごしというものだろう。その鈍角的な右の横顔から見てとれるのは、ごく普通の仕合せ、あるいはごく普通の不幸にしか過ぎない。

だが、信介は知っていた。今、扉のガラス窓に向けられている残り半分の顔面、初夏の陽光に照らされているだろう左半分の顔面に、何があるかを。信介は自分の顔の左半分が歪んでくるのを感じた。

男を初めて見たのは、もう何年、前のことになるのだろうか。そのときも男は扉際にぴたりと寄りそって立ち、発車間際に駆け込んだ信介は偶然、その前に立った。そして眼を挙げて、何気なく男の顔を見た時、驚きに信介の身体は強ばった。男の顔の扉側に向けられた左半分は紫色に大きくふくれ上がり、そして目がふくらみのなかに細く開いていた。信介の眼は、その紫色の顔面に吸いつけられ、一瞬動かすことができなかった。

気がつくと、男は、紫色のふくらみのなかに細く開いた目で、じっと信介を見ていた。冷たさでもなく、怒りでもなく、むしろ鈍い無関心が、その目にはあった。

それ以来、信介は男を何度か見た。ある時は遠くから、ある時は思わぬ近さに。ある時は紫色の丘状のふくらみを、ある時はさり気ない右の横顔を。そしていつも、見まいと思いつつ、男から眼をはなせなかった。

ああいう容貌を持って、なお生き続けること。それにはどれほどの勇気がいるのだろうか。それとも、ひとはそれにも慣れることができるのだろうか。慣れて生き続けることができるのだろうか——。

人間には何ということが可能なのだろうか。いや、どういう悲惨さのなかにも、それなりの生活はあるものだと、人は言うのだろうか。そうかもしれない。だが、信介の意識のなかで、今は見えぬ男の左の横顔が紫色に燃え上がり、それにつれて、信介自身の左半分の顔面もまた、彼の意識において、彼の感覚において、次第にふくれ、変色して行った。信介は思わず自分の左頬に、確かめるかのように手を持っていった。人間の生には、何という不幸が可能なのか。俺の今までの二十七年の生など、それに比べれば影、それに比べれば虚、それに比べれば無。俺なんぞ、ただのひよっこ、まだ何も判らぬ、巣立さえせぬひよっこ。まだ生きたとさえ言えない。信介は、扉際に立つ男から眼を離せぬまま、左頬を手で擦《こす》り続け、俺はひよっこだ、と呟き続けていた。

2

参木《みつぎ》信介は、今年の五月で二十七歳になった。それは奇妙な年齢だった。もはや本当に若いとは言えない。自分の欲求が、そのまま自分にとって正義でありえた時期は過ぎた。が、かと言って、自分を実生活に結びつけるべき、直接的欲求とは別の、しっかりした手がかりを持っている訳でもない。二十七歳の、独身の、下宿暮しの、大学助手。それは、すべてが中途半端な位置だった。

だが、事柄がそうした外的な中途半端さに止まるのだったら、ただ待てばいい。時間がすべてを解決するだろう。本当の問題はそこにはなかった。本当の中途半端さは、信介がこの生において、自分にとって真実重要なものを、何もまだ見出せていないところにあった。大抵の人間は、大学に行かぬ人間ならば職場のなかで、大学へ行った人間ならば卒業の前後、いずれにせよ二十代の前半くらいで自分の人生の見通しをつけ、そのなかで、その時その時の自分の生きて行く位置を見定めるのだろう。が、信介ひとりは、まだ自分がこの生に何を期待しているのかさえ見定めえていなかった。

信介は自分にも、やがて近い将来に、否応なしに自分の生活を始めなければならない日が来るだろうことを知ってはいた。それは、彼が自分の生を見定めえているか否かにかかわりなく、彼が自分と生との本当のつながりを確かめえているか否かにかかわりなく、確実に、情け容赦なく、来るのだった。三十代になっても、まだ自分の生の輪郭さえ定めえないでいる人間たち。彼の学界の先輩たちにちらほらする、年をとりそこねた人間たち。信介は、そうした人々の仲間にはなりたくなかった。そうした人たちと比べれば、どんな俗なところにせよ、ともかく自分の生の位置を定めた人間たちの方が、はたから見てまだしも見やすいものだと、彼には思えた。だが、そう思いながらも、彼自身が、これこそが人間の生だというものを見つけえていなかった。これで死ねるという何ものをも、まだ自分の手で摑めていなかった。いや、俺にはこれぐらいが適当なところだと見切りをつけ、自分の人生と折合いをつける決心さえも、信介はまだ持てないでいるのだった。

3

梅雨も明けて、あと二週間足らずで夏の休みに入る、ある日の午後だった。さっきまでいた若い講師の今津も帰って行った。来年度研究費の申請書類づくりに疲れた信介は、三階の研究室の窓から明るい外を眺めた。窓の下の石だたみの広場を、軽やかな袖なしブラウスの女子学生たちが、校門の方へ通り過ぎて行った。

扉の開く音がして、振りむくと、助教授の柳が研究室に戻ってきた。入口のそばにいた博士課程の学生の宮川が、何かはっとした表情で柳の顔を見た。信介も柳の顔を見て、思わず腰を浮かした。講義ノートと本を手にもった柳の顔色は、明るい窓を背にして暗い入口の方を見た信介の眼にさえはっきりと判るほどに、異様に歪み、蒼ざめていた。柳は入口で立止ると、一瞬そこの書架に寄りかかった。

「先生、どうなさったのですか」

宮川が駈けよって、柳を支えようとした。

「いや、大丈夫。大丈夫だ」

柳は、しかし、意外にしっかりした言葉で答えると、気を取直したように身体を支え直し、信介のいる窓際まで歩いてきた。そして、そこにある学生用の椅子に崩れ落ちるように坐った。

「宮川君。済まないが、水を頼む」

柳は、心配そうに後に立つ宮川に声をかけると、ポケットから薬を出し、宮川の持ってきたコップの水で一気に飲んだ。

「ひどく痛んできたんだ、腹が。どうにもならなくて、講義を途中で切り上げてしまった」柳は下腹部を押え、誰にともなく言いかけて、急に言葉を切った。「あっ、畜生、また痛てえ。痛てえな、畜生」下町育ちの柳は、研究室では滅多に使わぬ伝法《でんぽう》な口調でそう小さく叫び、顔をしかめた。が、すぐに強いて元の口調に戻った。「いや、大丈夫だ。痛み止めを飲んだから十分かそこらで効く。切ればいいことは判っているんだが、あれこれ忙しくてね……。そうだ。よし。休みになったら、切ろう。切りゃいいんだ。切りさえすれば、いいんだから」

柳はそう言いながら立ち上ると、助教授室の方へ歩いて行った。

「先生。松林先生は今日はいらっしゃいませんから、お休みになるんでしたら、教授室のソファーの方が」そう言いながら、宮川が鍵を出し、急いで柳のあとを追った。

「ああ、そうさせてもらおう」と答える柳の声が、向うから聞えた。


三十分ほどして仕事が一段落した信介は、教授室を覗いてみた。柳は、擦切れた戦前ものの革のソファーに半ば身体を横たえながら、ジュネーブの出版社の新刊目録に眼を通していた。

「ああ、もう大丈夫だ」信介の姿に気がついた柳は、身体を起して坐り直した。「よかったら、坐りたまえ」

言われてそばの椅子に腰を下ろした信介に、柳は続けた。

「病気ってのは奇妙なものだね。君など、まだ若いから、世の中に病気があることも忘れているだろう。ぼくだって、そうだった。だが、夜中まで机に向う不健康な生活をして四十を越すと、いつも意識の何処かで、自分が何か病気に狙われているような気がしてくる。ふだんは忘れたことにしていても、ある日、例えば脇腹が、ちくりと痛む。いや、こういうことだってあるさと、自分に言うが、忘れた頃にまたちくりと来る。始めは一日に二、三度だったのが、いつの間にか一時間に一度になっている。忽ち三十分毎になる。それがきりをもむような痛みになる。あっ、俺は病気になるのかなと思っているうちに、もう、どうしようもなく、本当に病気だ。こっちの思惑や都合なんぞ、何の関係もなしにだよ。まったく奇妙なものだ」

柳は言葉を切った。柳の顔はまだ蒼かったが、先程に比べれば、もう普通の病人の蒼さだった。

「もう以前から、お悪かったのですか」

信介の言葉に、柳は、首を振るようにして答えた。

「いや、大したことじゃないさ、痛みだって、悪いことばかりじゃない。自分の力じゃどうにもならないことが世界には存在していることを、教えてくれるからね。君はW．B．を読んだことがあるかい」

柳は一九三〇年代のヨーロッパの批評家の名を挙げた。

「W．B．はね、十八世紀の固い粗末な木の椅子を見て、十八世紀は人間が生の苛酷さを知っていた最後の世紀だと言っている。固い木の椅子、冬の寒さ、長旅の辛さ、病いの痛み、苦しみ。十八世紀にはそうした生の苛酷さが文明によって和らげられずに、直接荒あらしく、人間の肌に触れていた。いかに富んだ人間、身分の高い人間でも、生の苛酷さを自分の肌身で知らなければならなかった。だが十九世紀になると、クッション、暖房、快適な交通機関、鎮痛剤、麻酔薬などが発明され、完備されて、すべての安逸が金で買えるようになった。それで人間が仕合せになったかと言うと、逆に世界との直接的関係を失い、幻影のような生活しか持てなくなった——そう言うのだよ。これは、本当のことだ。おそろしく本当のことなのだな。だからさ、痛みは時に健康的なんだよ。世界には、自分にはどうにもならないものが存在していることを、ごりごり教えてくれるからね——」

窓の下を通る学生のデモ隊の叫びが、石造りの研究室の、夏でもどこか冷々した空気をしばらく震わせ、消えて行った。柳は、口をつぐみ、一息いれるようにまわりを見まわした。教授室の壁には、大和路の道端に打ち捨てられたように立つ、小さな石仏の写真が微笑していた。

「ぼくはこの間、ここに坐って、松林さんと話していた」柳は話を続けた。「そのとき痛みが来た。それを見て、松林さんは、自分も痛そうに眉をひそめながら、ぼくに『でも、柳君。痛みを愛するようになることですね』と言うんだ。ぼくは、松林さんらしくもない、と言うか、らしいと言うか、俗なことを言うなと思ったけど、腹は立たなかった。あの人はね、敗戦必至の焼跡で、胆石だったかな、何だったかな、ともかく、手術ができるようになるまで、苦しみながら一年以上待たされたんだ――まあ、もちろん、無事に助かったわけだがね。それに比べれば、ぼくの痛みなどは、始まってまだ三ヵ月にもならない」

柳は、ふと、言い過ぎたことに気づいたかのように、突然言葉を跡切らせた。そして、しばらくして、ゆっくりと、ひとり言のように続けた。

「いや、いいさ。そのうち死がやってきて、人間がこの宇宙で、徹底的に無力で、無援で、孤独なものだということを知らせてくれる。こればかりは、十八世紀も二十世紀も、変りはない。問題はむしろ、それまでの何十年か、いや、ことによったら何年かを、どう生きるかだよ。W．B．はね、死の影を追放してしまった結果、生活は何かとりとめのないもの、何か幽霊じみたものになったと言うんだ。本当だよ。まさに、その通りじゃないか、我々の生活は。エピゴーネンであるだけに、二重に幽霊じみているんだろうね。問題は、ぼくら自身が曖昧に世界と馴れ合い、ちょっとばかりの翻訳印税に目がくらんで高度成長とオリンピックの浮々した掛声に足をすくわれるか、それとも世界がぼくらにとって絶対他者であることを肝に銘じて、自分の生にくっきりとした輪郭を引くかなのだな」

研究室の古風な八角時計はもう四時をまわっていたが、初夏の午後の日はなお高く、小さな窓に切りとられた空は燃えるような青さに輝いていた。

柳は大きく肩で息をして、苦笑した。

「いや、しゃべり過ぎたようだ。また少し痛くなってきた。ひどくならないうちに帰る。休みになったら、本当に切ろう。精神を緊張させてくれるのはいいが、痛みっぱなしでは仕事にならないからね。切りさえすれば、いいのさ。いや、ちょっと待ちたまえ」

柳をしゃべらせ過ぎたことに気づいて慌てて立ち上った信介を、柳はまた呼びとめた。

4

「自分のことばかり話して、失礼した。呼びとめたのは、別の用事でね。君は、留学するつもりはないのか」柳は短く言った。

信介は、不意を突かれた気持で、柳のその言葉をきいた。身近にも外国留学を志す友人たちを何人か持ちながら、自分のこととしてそれを考えたことはなかった。

「フュルトブールの日本語講師が、急に空いた」

柳は、痛みがひどくなってくるのか、時折顔をしかめながら、手短に事情を説明した。フュルトブールの日本学は、信介のいる大学から若い研究者を三年契約の日本語講師として招聘《しょうへい》している。その席が急に一年早く空くことになった……。

「行くとすれば、この秋だ」柳は言った。「銓衡《せんこう》は、院生、助手から希望者をつのり、学部の銓衡委員会が決める。ぼくもその委員だ。立候補する気はないかな」

　ヨーロッパに留学する。自分がいったい何のために？

　信介の表情を見ながら、柳は言った。

「まず行くことだ。行けば、自分のなかに新しい世界も見える。人間とは、そういうものだ――まあ、坐れよ」柳は言った。「助手の休職は二年迄だから、普通の招待留学ならまた助手に戻れる。だが、これは三年だから、任期が終った時、君はいわば、もう誰でもない。ただの君だ。その誰でもない自分、ヨーロッパで突然、誰でもない自分になった自分が、いったい何をするか。それを見てみたいとは思わないか」

　柳はゆっくりと立ち上がると、ひとり言のように呟いた。

「行く奴がいなけりゃ、いっそ俺が行きてえ」

　窓の小さい部屋のなかへ夕暮れがしのび寄り、立ち上った柳の顔は暗く翳っていた。

　柳は立ったまま言った。

「さっき、やっていたのは、研究費事務かい」

「はい、そうです」

信介は答えた。柳は、まだそこだけは明るい窓の方へ眼をやった。そして、しばらくして、また信介の方へ眼を戻して、言った。

「君は、事務の方も、なかなか行き届くようだね。松林さんも喜んでいる。ぼくも、そのお蔭で随分得をしているのだから、こんなことを言うのは矛盾だが」と、柳は少し言い淀んでから、短く、はっきりと言った。「事務なんかに精を出すのは、やめたまえ。何でもいい、論文を書きたまえ。書けば何か出てくる」

信介はその短い言葉のうちに、助手になってから一年半、柳が自分を、どう評価してきたかを悟った。

「フュルトブール行きのことは進めるよ」

柳はそう言って、立ち上がった。扉の把手に手をかけ、こちらを向いて立つ柳の姿は、夕暮の部屋の暗さの中に半ば溶け込んでいた。柳はまだ、何か言いかけているようにも見えたが、結局何も言わず、もう一度、軽く手を挙げると扉を開け、そのまま帰って行った。

寝苦しい夜に浅い夢が脈絡もなく通り過ぎて行った。波が岩に当って高いしぶきを上げ、砂浜には真昼の光が輝き、いつか、それは砂漠に変って、赤っ茶けた砂原が、静かに、果てしなく拡がっていた。

戦後、結核の再発で苦しんだ田舎の父親が、それでも小柄な身体に鞄をかかえ、少し前かがみになって、砂原の岩と岩の間を勤め先へ急いでいた。ぎらぎらする光が砂原の上に降りそそぎ、岩も父親も、みな、長い、濃い影を砂の上に投げていた。

遠くで、火山が炎と白い煙を高く吹き上げるのが、見えた。

ああ、エトナ山が噴火している——。

行けば自分のなかに新しい世界が見える。人間とはそういうものだ。

何処かから柳の声が聞こえていた。

信介は瞬間、知らぬ土地での自分ひとりの生の孤独な充実を、虚空に見た。

大学は七月初旬で事実上の休みに入った。信介はフュルトブールの申込書を出し、残っていた事務を片附け終った七月半ば、研究室を大学院の学生たちにまかせて山に来た。八月末までの一ヵ月あまりの休暇を、山あいの小さな宿屋での日本語教育の教材研究と日本語文法の復習に当てる予定だった。

柳は七月初めに入院したが、九月初めに退院して、日本語講師銓衡の最終委員会に出席する予定だった。そこで信介が選ばれれば、十月半ばには、信介は既にフェルトブールにいるはずだった。

半ばは農業を兼ねる小さい宿に相客はほとんどなく、食事を運んでくる宿の細君にひと言お礼を言う他は、何も話す必要のない日々が続いた。帳場で鳴っているラジオの他には新聞も見ない毎日が続き、いつも午後になると信介は、崖沿いの道を、あきることなくくりかえし散歩した。

谷川の流れ落ちて行く音がどこか遠くから聞こえていた。

快い孤独と仕事のなかにあって、信介の心は次第に解放されて行った。午前中は日本語関係の勉強をし、午後は柳が折々に推奨していた現代西欧の、小説とも評論ともつかぬ小冊子の迷路を辿り、夜は遠い国の古い言葉で語られた、美しくも危うい愛の物語を、先輩から譲り受けた小さな原語の古語辞典一冊を頼りに、一行、二行と読み継いで行った。

5

山あいの秋は早い。八月も十日を過ぎると、道の山側に生えたすすきが大きな穂を出し、夕方の風にわさわさと鳴った。その頃、近くの湖にある夏の山荘に滞在していた昔の恩師から誘いの手紙を受けとって、信介は二日の予定で宿を離れた。

狭い、まがりくねったでこぼこの道をバスで二時間ほど下ると、視界が急に開け、広々とした夏の湖が強烈な陽光の下に明るく輝いていた。ここでは、まだ秋は始っていなかった。バスを降りた信介のかたわらを、若い男女たちが自転車で走りぬけて行った。行き先の山荘は避暑客でにぎわう別荘村の対岸の、小さな崖の上にひとつぽつんと立っていた。信介は客を待つ小さなモーターボートを雇って、対岸へ渡った。

急な傾斜の崖の中腹に立つ簡素な木造りの小屋にモーターボートが近づくと、音に気づいた山荘の老女主人がベランダに出てきて、手を振った。

マダム・デュラン・タカハシは、欧州の小国で土地の言葉とともにフランス語を家族内言語として育ち、日本人との国際結婚ではるばる極東の小国へやってきた人だった。信介の大学のフランス語担当外国人講師を長く勤めたが、今は定年で大学をやめ、故国の小雑誌に日本通信などを寄稿しながら、時折昔の学生たちを招くのを楽しみにしている。ボートから見上げると、午後の日射しに立つマダム・デュランの白髪が光った。

その日、夕方まで、信介はベランダの日覆いの蔭にマダム・デュランと向い合って、久しぶりのフランス語でとりとめないおしゃべりをしながら、次第に暮れて行く山の湖を眺めていた。

「若いとき知らない国へ行くのは大事なことですよ」秋にはフェルトブールに行くかもしれない――そう呟いた信介に、マダム・デュランは明るい声で言った。「ほんと、私だってあの人が誘ってくれたので、とてもびっくりしましたけど、思いがけない自分に会えましたからね」

向いの別荘村からは何隻かのヨットが出て、青い水の上に色紙の切屑のように浮び、時折はモーターボートが白い波をけたてて湖面を走り、騒音を遠いこのベランダにまで響かせてきた。

マダム・デュランの日本での生活は、不幸とも言え、幸福とも言えた。生真面目な学者だったムッシュー・タカハシが思想事件に連座して、釈放はされたが獄中で再発した結核で病死したのは大きな不幸だった。だが、戦時下の日本へ遠い国から来て既に一男二女の母であった亡友の妻を、思想信条を超えて支えた友人たちの厚情にも助けられ、マダム・デュランはいま、いわば自分（と死んだ夫）を祖とする一つの大家族の家長だった。そして夏の二ヶ月、この湖の山荘で暮らす彼女のもとには息子や娘たち、更にその次の若い世代たちが愛し尊敬する大刀自と時を過ごしに訪れるのだった。

夕方、強い突風が吹き、対岸の舟着場のそばで赤い帆のヨットが転覆するのがみえた。附近のボートやヨットがそのまわりに忙しく吸いよせられ、芥子《けし》粒のように小さな人間たちが転覆したヨットのあたりで忙しく動いていた。

やがて宵闇が辺りに拡がり、簡単な夕食が運ばれた。その夜、別荘にいるのは、マダム・デュランと、娘で混血の瀬戸夫人、更にその娘で、マダム・デュランの孫娘になる音大のフルート科四年の毬の、女三人きりだった。

「今日は、ぼくが用心棒ですね」

ランプの明りのなかで信介が言うと、

「貴方で役に立って?」と瀬戸夫人が笑った。そろそろ四十代の半ばを過ぎた瀬戸夫人は、率直で活発な人だった。

「お母さまは、口が悪い。いつも、こうやってリッシイのことも苛めるのよ」

ふだんはおとなしく、他人のいるところでは滅多に口をきかない毬が、珍しく冗談めかして抗議した。リッシイとは、毬の語尾から取った、家族のなかでの彼女自身の愛称らしかった。アジア人とも白人とも違う、混血児特有のほのかな赤みを帯びた、透明な肌を持つ毬は、まだ幼い子供のようなおぼつかなさを全身にただよわせる、美しい娘だった。

「おや、リッシイは、あした、いいことがあるからなかなかお元気ね」

瀬戸夫人が言うと、毬の顔の透明な肌に赤みがさした。

翌朝、朝食を済ませると、毬は自家用の小さなモーターボートで対岸の村へ友人を迎えに行った。瀬戸夫人は小屋の下の湖岸に泳ぎに下り、信介はベランダにマダム・デュランと坐った。

「日本も、だんだん変りますね」

静かな朝の湖面にゆっくりとモーターボートを走らせて行く孫娘の姿を見送りながら、マダム・デュランはフランス語に戻って言った。

「向こう側の村も若い男の人や女の人でとても賑やか。むかし、私が来た頃は、女は並ばず一歩下がってなんて、からかわれたものですよ。でもね、初めて日本に来て、日本の人たちが普段の小さな楽しみを、ゆっくり大切にするのを見て、私はほんとうに感心しました。リッシイは、幼い、ぼんやりしたところのある娘だけど、性急なところがないので、私は嬉しいと思っているのです」

間もなく毬のモーターボートが、信介より二つ、三つ若いかと見える青年を乗せて帰ってきた。下の舟着場で瀬戸夫人が娘と何か話しているのが見えたが、やがて三人は一緒に上ってきた。

ショートパンツ姿の毬は、買ってきた新聞や雑誌をベランダの脇テーブルの上に置くと、パンや他の食料品の大きな包みを胸にかかえて部屋の中へ入って行った。青年はマダム・デュランに挨拶し、信介にも会釈すると、そのままベランダの階段に腰を下ろして、明るい夏の湖を見ていた。水着姿の瀬戸夫人は着換えに裏にまわった。着換えから戻ってきた瀬戸夫人は、マダム・デュランに言った。

「昨日、夕方にヨットの事故で、高校生の女の子がひとり、死んだんですって」

「十七の子だって」

食料品を置いてきた毬が、身につまされたように眉をひそめながら、つけ加えた。

信介は、昨日、暮れかけた遠くの湖面に赤い帆を倒して浮んでいたヨットと、そのまわりにむらがった芥子粒のような人々の姿を思い出した。

やがて昼食になった。毬の友人は長い手足を持つ、音大のコントラバスの院生で、何か問われても言葉少なく答えるだけで、真剣な表情を崩さなかった。

食事の後片附けを終ったあと、毬は青年を誘って、下の岸に泳ぎに降りて行った。青年は日に照らされた小さな舟着場の桟橋に腰かけ、足を水に濡しながら、ひとりで泳いでいる美しい青の水着の毬を眺め、三時過ぎに毬の運転するモーターボートに送られて、対岸の村へ戻って行った。

毬の戻ってくるのは、少し遅れた。毬の表情はどこか沈んでいるようにも見えた。

瀬戸夫人が言った。

「どうしたの、リッシイ。疲れたの」

「ううん」毬は首を振った。「少し話していただけ」

「それなら、元気出しなさいよ。いいじゃない、関君のことなんか。何か、はっきりしない子ね、関君って」瀬戸夫人は何の悪意もない様子で、率直に言った。「きびきびしたところのない子って、お母さん、きらいよ」

「あの……」毬は信介の方を見て、少し言い淀んだ。が、すぐに家族のほうへ視線を戻し、はっきりとした声で言った。「関さんはプラハ音楽院の奨学金が取れたの。そして毬に、一緒に行かないかって……」

「あら、ご免ね」瀬戸夫人は短く言って、口をつぐんだ。

少しの沈黙のあと、マダム・デュランがたずねた。

「で、毬は？」

「どうしよう」毬は呟いた。

「行けばいい。行けばいいのよ、関さんのこと好きだったら」

マダム・デュランが励ますように言った。

「うん」毬は小声で頷いた。

「大切なことを決めるときは、勇気が大切――」

それはどこかの諺なのだろうか。マダム・デュランは同じことを、もう一度フランス語でくりかえした。そして言った。

「勇気を出せば、自分の国ではできない勉強ができる。音楽でも、音楽じゃないことでも」

毬は小さく頷いた。

「では、これで決まりね」今まで黙っていた瀬戸夫人が短く言った。「毬、おめでとう。さっき言ったことは、お願い、忘れて！」そして娘を抱き寄せ、自分の胸に抱きしめた。

人々はそれぞれの部屋に戻り、信介は下へ降りて、少し泳いだ。ひんやりした湖の水で冷えた身体を桟橋の上に転がして、高原の直射日光で灼くと、肌がひりひりと熱してきて、快かった。草をかきわける音で頭を上げると、釣の支度をした毬が通りかかった。釣竿と魚籠《びく》を持った毬は、少しはにかんだような笑いを浮べると、ゴムぞうりを可愛らしい足の指できゅっとはさむようにして突っかけて、また草のなかに消えて行った。

だが毬はすぐに戻ってきて、桟橋に置いてあった木の椅子に坐った。嬉しさと人生の急な展開で、まだ少し落ちつかぬ様子だった。

「よかったですね。おめでとうございます」

身体を起こして、改めて言う信介に、毬ははにかみつつも礼儀正しく頭を下げ、そして言った。

「関さんはね、コントラバスを一本立ちできる独奏楽器にしたいって言ってるんです」

「志があるんですね」

「ええ」信介の言葉に、毬は嬉しそうにうなずいた。

信介はまた湖へ降りて行く毬の後ろ姿を見送ってから、ゆっくり立ち上ると上の小屋へ戻った。マダム・デュランは、部屋で午睡をしているようだった。信介は誰もいないベランダに坐ると、明るい湖面を眺めた。昨日、ひとりの生命を奪った湖は、何事もなかったかのように静かに輝きながら、信介の眼下にあった。遊覧船の立てる白い波が左右へ分れて、湖面にいつまでも拡がって行った。

信介は脇のテーブルに置いてあった新聞に手をのばした。一日遅れの新聞の紙面には、いつもと少しも変らぬ出来事が報じられていた。フロ代の値上げ、不動産会社の脱税、小さな火事。そして、あと二ヵ月足らずに迫ったオリンピック。どれを読むという訳でもなく、ざっと見て行った視線が社会面の下の方へ行ったとき、信介は息をのんだ。見慣れた活字があり、その脇に死亡を表わす黒く太い傍線が引かれていた。

柳　浩一氏

信介のまわりですべてのものが音を失い、あたりの風景は不思議な静寂に包まれて遠ざかって行った。広漠と拡がる湖面は夏の強烈な陽光にただひたすら輝き、沖では遊覧船が今も白い航跡を長く引きながら、静かに動いていた。

6

夕方近く、信介は瀬戸夫人の運転するモーターボートで対岸に送られ、最終のバスで山あいの宿に戻った。

山あいでは秋が深まっていた。宿についたとき日は既に暮れ落ちて、暗いなかに入口の電燈がひとつ、黄色い光をあたりに投げていた。

柳さんは死んだ。部屋の畳にひとり寝ころんで、信介は思った。頭の上の暗い電燈の笠には大きな秋の蛾が一匹へばりつき、時折、無意味に弱々しく羽をふるわせていた。あの六月の暑い日、柳さんが語った生についての認識、生への諦観と愛着――。あのとき彼は、こんなにも近かった自分の死を、あるいはその可能性を、少しでも予感していたのだろうか。それとも、時折の激しい痛みに苦しみながら、痛みでいっそう研ぎすまされた生の意識だけを見つめていたのだろうか。そして、痛みのあとに来る新しい生について――。

人間は死ぬものなのだ。柳さんがこの世界に刻みつけるはずであった思考、思い、脳細胞の働き。それは今、彼の肉体とともに、静かに腐敗分解の過程を辿り始めている。

柳の脳細胞のひとつひとつが音もなく崩れ落ちて行く様が、目の前の薄暗い空間のなかに見える気がした。

信介は立ち上ると、灯を消して窓をひらいた。冷たい秋の夜気が肌に触れて、鳥肌を立てさせた。暗い窓際に立つ信介のなかで何かが過ぎて行った。

夜半、廊下を急ぐ足音が聞え、唐紙が開いて、東京からの長距離電話だと告げた。信介は浴衣の上にジャンパーをはおって、帳場へ急いだ。柱時計は十一時をまわっていた。東京では、まだ宵の口だな。帳場の寒さにふるえながら、信介は考えた。

電話は、先輩で講師の今津からだった。

ああ、そうだろうな、今、東京では、柳さんの死をめぐって人々が駈けまわっているのだろうな――。信介は初めて自分の迂闊さに気づきつつ、今津の声を聞いた。

今津は言った。

「柳さんが亡くなったよ」

「ええ、さっき新聞で見ました」

「そうかい」

今津は、考え込むように黙った。そして言った。

「今まで、君の居所が判らなくてね――。亡くなったのは三日前だが、手順が遅れて、告別式は明日の二時からだ。戻ってこられるだろうね」

信介は、とっさに何も答えられなかった。告別式のために戻るということが、まったく意識にのぼっていなかった。告別式があるということさえ、思いつかなかった。

柳の死と、多くの人々の集まる告別式が、少しも結びついていなかった。

「まだ、そこまでは考えていませんでした」信介は率直に言った。

「そうか」

今津は、また考え込むように黙った。しばらくしてから、今津は言った。

「参木君。いいかい。よく聞くんだよ。これは学問の話ではなく、世間の話だよ。柳さんに対する君の心情がどうかとか、ひとりで黙って悼みたいとか、そういう話でもなく、世間の話だよ。だけど、それだからこそ重要な話だ。ぼくらは生きている以上、学問をしようが芸術をしようが、いつも同時に世間で生きているのだからね。で、ぼくが言いたいのは、もし君がフェルトブールへ行くつもりなら、柳さんの告別式に戻ってこいということなのだよ」

今津は、そう言って一息入れると、すぐ説明を続けた。

「今、フェルトブールへ行く有力候補はふたりいる。君と、もうひとりは、まあ、あえて名前を出せば、やはりうちの博士課程の宮川君だ。この間の予備銓衡に、柳さんの代理でぼくが出て、そういうことになった。あとは、九月の最終銓衡で決る。ということは、柳さんが生きていれば、君に決るはずだったということだ。だが、柳さんは死んだ。ぼくは代理に過ぎない。同じ学科からのふたりの候補者だから、当然ほかの委員たちは、うちの学科の意見を、つまり、主任の松林さんの意見を聞く。いいかい。松林さんは、君を嫌ってはいない。ただね、彼は人柄ということも考える。あるいは、彼の代弁をして言えば、人柄がよくなければ、学問ものびないってね。人柄を抜きにした学問なんてないってね。そこでフェルトブールの話だが、松林さんは、柳さんの遺志を尊重しようとは考えるだろう。何といっても、松林さんは、柳さんを重んじてきたからね。だが、それだけに、君が柳さんの告別式に顔を見せなければ、松林さんは、柳さんのためにも、君に対して腹を立てると思うよ。柳にあれだけ可愛がられ、引き立てられ、助手になったのに、葬式の手助けはおろか、顔さえ見せない、これでは、才気はあっても、学者として大成はするまいとね。そして、そう思う松林さんの前に宮川君がいて、甲斐がいしく葬式の手伝いをしている。本来、こういう時の下働きを仕切るのは助手の仕事なのに――。辛気臭い話で恐縮だが、それはそうなんだよ。ぼくは正直に言って、君が行こうが宮川君が行こうが、それに興味はない。だが、柳さんは、君を非常にやりたがっていた。だから、ぼくは柳さんのために、これだけのことは君に言っておこうと思った。実際、戻ってくるか、こないか、世間に住むか、住まないか、それは君の決めることだ——」

　今津は、言うべきことはこれで言ってしまったというように、あとは声を落して柳のことを語った。七月下旬に手術をしたが、もうそのまま閉じる他はなかったという。

「亡くなる一週間ほど前、お見舞いに行くと柳さんは眠っていた。そばに坐ってぼんやり待っていたんだが、柳さんはいつの間にか目を覚ましてぼくに気づいたらしい。そして、言ったんだよ。『今津君か、済まんな。いま苦しい、ひどく苦しい。しかし、これが頂点だ』それから眠り込んだ。しばらくして、ぼくがそっと帰ろうとすると、また眼を覚ましてね、『今津君、ぼくはようやく判ってきたのだが、ぼくにとって学問の最後の意味は、生きることへの愛だったらしい』ってね。——君たち戦後世代には、ひどく凡庸な言葉に聞こえるかも知れない。でも、ぼくは正直、心にぐっと来た。戦中派はみな、ほとんど死をくぐり抜けてきた人たちだからね。柳さんは何処か南の方で死に損ねたらしい。——ほんとうの症状を知らなかったことは、やはりよかったとぼくは思っている。ぼくは、そういう点では、世間の常識を信ずる男だから。もっとも柳さんは、ぼくのそういうところが必ずしも好きではなかったらしいんだがね。

でもね、ぼくはやはり柳さんに、彼の研究対象たちが生まれ、生きた西欧という土地を、一度は生きて踏んでもらいたかった」

淋しい笑いをかすかに言葉に重ねて、そう言いさした今津の声は、恐しいほど静かな山の宿の廊下に消えて行った。

「では」と今津は声を改めて言った。「明日のことは君が決めることだ。連絡だけは頼む」

「行きます。できるだけ早く」信介は言葉少なに言った。

「そうか。それがいい」今津が短く言って、電話は切れた。

でもそれは世間のためではないと、信介は心に呟いた。死んで今は無と化した柳さんのためでもない。フェルトブールのためでさえない。

では何のためにか？

自分の人生を自分で掴み、自分で生きるために。そして三年後に、異国で、柳の言ったように、もはや誰でもなくなった自分に会うために——。

彼の心に、何におじけることもなく、扉の外に流れ過ぎて行く風景を見つめている紫の頬の男が見えていた。

翌朝、一番のバスで信介は山を降りた。下るにつれて、じりじりと照りつける太陽が、バスを灼きつくすような熱気で充たして行った。平地はまだきびしい残暑にあえぎ、左右の畑には青々とした野菜が土埃にもめげず、幾重にも生命に溢れて葉をのばし、拡げていた。道端に暑さに疲れた老女がうずくまり、その脇を赤犬が一匹駈け去って行った。

自分はいま柳助教授の告別式に急いでいる。信介は思った。だが、その先に何が待つのか。未知の土地での未知の三年間の先に、いったい何が待つのか?

——君の人生さ……。

声が聞え、バスの硝子窓に柳の顔が映っていた。

——知らぬ土地での三年。それが終った時、もう誰でもない君が見る風景。それが、君の人生、君の生きる世界さ。

——俺も一度、そういう風景を見たかったさ。いつかは見られると思っていたんだがな。

——俺が見たのは、死に損ないが復員船に乗って、振り返ったとき見た異国の風景だけだ。

——まあ、それはそれで鮮烈だったけどな。

バスの窓ガラスの中で柳が少し口惜しそうに笑い、そして薄れて行った。

三年を異国で暮し、その三年が経ったとき、俺はどれだけ鮮烈な風景に出会えているのだろうか?

信介の行く道の先には、彼の乗るべき列車の待つ鉄道駅が見えてきていた。

時・光・変・容

休み時間の十分間

ベルが鳴り、休み時間になると、あちらの昇降口、こちらの昇降口から飛び出してきた子どもたちは、一斉に校庭に散った。鬼ごっこ、二人縄跳び、大波小波、陣取り椅子取り、水雷戦艦――。みな広い校庭を縦に、横に、斜めに駈け抜け、駈け続け、そしてまたベルが鳴ると、次の瞬間、子どもたちの姿はあちらの昇降口、こちらの昇降口から校舎に吸い込まれて消えた。

あの十分間の長さ、充実、永遠。

そして、大人になってから、日々の営みの中にまぎれ、去って行った十分間の短さ、曖昧さ――。

溶けて行く歳月

七十歳を越えた頃、何度か同じ夢を見た。いや、あれは夢というのだろうか。

深夜、寝入ろうとしていると、今夜も飲み屋から出てきた酔客が、何かよく判らぬことを叫んでいるのが聞えてくる。

うるさいと思うほどの近さではない。ただ、ああ、また叫んでいるな……と思う。敗戦後の疲弊からようやく少し回復して来て、角の家の庭先に即席の呑み屋ができた。そこから出てきた酔客が、何か叫んでいるのが聞えてくる。少年の私は毎夜、それを聞きながら眠り込んだ。

その声が数十年後のいま聞えるのを不思議とも思わず、ただ、ああ、また叫んでいるなと思っているうちに眠り込む。

そして翌朝、目が覚めたとき、ああ、ゆうべもまた聞えていたなと気がつく。中年の頃から三十年ほど住む今の家で、戦後の混乱期に少年の自分が毎夜聞きつつ眠り込んだ酔客の声を、昨夜も耳にし、そしていま、目覚めたのは、何処でなのだろうか。

時間の区切りが流れ始めた不思議さだけが、七十を越えた男の心に漂った。

死の漂い、記憶の変容

母は、同居していた娘夫婦の帰宅が遅くなったので幼い孫娘と食事をしたあと、帰ってきた娘に、「少し頭が痛いからもう寝るわ」と言って寝床へ入り、翌朝そのまま亡くなっていた。七十代の半ばだった。

急な知らせに駆けつけると、台所の柱には割烹着が、母が脱いだままの形に丸くふくらんで掛っていた。

晩年、母はくりかえしおかしなことを言っていた。

「私にはあの一週間くらい前から、暗い影がお父さん（自分の父親＝私の会うことのなかった祖父）を包んでいるのがずっと見えていたんだけど、どうしてもそれを口にすることができなかったのよ」

私の祖父は横浜の貿易商のまだ若い中番頭で、一九二三年（大正十二年）九月一日の関東大震災の日、午前中の仕事を少し早目に切り上げて、昼食のために外に出ようとしたその時、二階建て煉瓦作りの商社の出口で崩れ落ちてくる煉瓦の下敷になって死んだ。

母が晩年くりかえし言ったのは、そのことだった。

当時、ミッション系女学校の三年生だったのだろうか。母は私がまだ幼児だった頃、父親のその死の情景を、まるで自身がその場で見ていたかのように、くりかえしくりかえし幼い私に語った。

幼い私はくりかえされるその話を遠い前世の記憶を聞くように聞いていたが、いま数えてみれば、母にとって関東大震災は、ほんの十数年前の出来事なのだった。

そして数十年が経ち、晩年の母がくりかえし私に語ったのは、父親のその不慮の死の一週間ほど前からいつも暗い影が父親を包んでいるのをずっと眼にしながら、それをついに口にすることができなかったという悔恨、あるいは怨みだった。

母は、自分の死の凡そ一年前、半世紀以上連れ添った夫を亡くしていた。そして自分の父親を包んでいた暗い影についての悔恨あるいは怨みを口にするようになったのは、母が夫を失って、ようやく日常的生活に戻った頃からだった。

新しい死と別れが呼び起こした、古い死と別れの記憶、その変容——。母がそれを語るとき、私はただ黙ってうなづき、その間に過ぎた時間の長さと短さを考えながら、耳を傾けていた。

ずっと黒い影が見えていたのに——。

母は言えなかった自分を悔み、くりかえした。

時間の微震あるいは既視体験ミニ

見知らぬベッドで深く浅く眠り続け、薄明の夢の中を彷徨した数週間から目覚め、家に戻ったとき、ふと、時間の流れ方が変った。

退院の翌朝、テーブルの上のコーヒー・マグを手に取るとコーヒーの香りが漂い、そして私は、ああいまさっき嗅いだ匂いだ、と思った。いまさっき――数秒にもならない前に、いや、秒では数えられない短い時間の以前に、嗅いだ匂い。それと同じ匂い――。

私はコーヒーの香りを嗅ぎ、そして、ああ、さっきも俺は今と同じようにコーヒー・マグを手に取り、それを口に近づけ、今と同じようにこの匂いを嗅いでいた……さっき、秒では数えられない短い時間の前に。

何の不思議もなく、自然に私はそう思っていた。

いま経験している時間が、かつての経験の再体験として——あるいはかつての経験そのもののふりをして——自分の中に現われてくる。経験したことのないことを、経験したことであるかのように感じる既視体験——。

その極小ミニ版。

以来、それは時折、私の感覚に現われる。さり気なく、何の違和感もなく——。コーヒーの香りであれ、読んでいる本の数行であれ——。

さっき匂っていたあの香りだな。さっき読んだあの箇所だな。

ふと何かがそう囁きかけ、そうだな、と、自分の中の何かが答えている。

私の中での時間の細かな振動。あるいは、むしろ、そっと崩れて行く時間の構造。

中世ヨーロッパでは、向うから近づいてくる自分自身と出会うのは死の予告だと信じられていた、という。では、静かに、細かく往き来する既視体験——自分との微視的再会は、何を予告しているのだろうか。

岬

1

テーブルの上で色の褪せた黄色の木綿布を開いて行くと、出てきたのは無骨で頑丈な軍用の双眼鏡だった。手に取るとずっしりと重い。その金属の冷たい重さは逆に、昔、帝国陸軍の下級士官の軍装を身につけて輸送船から下り立った時の、異国の埠頭と海と強烈な太陽を思い出させた。

だが、そのときこの双眼鏡が入っていたはずの革ケースが見当たらない。あれはどこへ行ったのだろうか――。道夫はその不在のうちに、暑く重い大気の中に臭った革特有のきつい異臭をありありと嗅いだ。

子会社の役員を辞めて勤めがなくなり、身辺を整理しておかなければという気持ちが動くようになった。今日は朝から思い立って脚立を持ち出し、久しく覗くこともなかった家中の天袋の中身を順に点検していて、忘れていた双眼鏡に出会ったのだった。

五歳ほど年下で、そのことをどこかで当てにしていた妻が、思いがけず先にいなくなった。長年放置してきたがらくたは、自分が片付けなければあとでそのまま子供たちの負担になるだろう。ただ困ることには、今も出てきた双眼鏡を見せて、これを覚えているかと言ってみたい、その相手がいない。

召集令状がきて、出征の軍装を整えて写真を撮ったとき、まだ若かった妻は小さな声で、「立派ね……」と呟いた。

重い双眼鏡を手に取り、目に当てて覗いてみると、その先に今ではほとんど前世のように遠くなった時間が見えてくる。

道夫は縁先に出ると、改めて双眼鏡のレンズの曇りを拭い、晩春の海を見回してみた。穏やかな波の動き、そして沖合を横切って行く小型油送船のブリッジが手元に引き寄せられる。小さな岬の上に建てられ、町へは少し不便だが見晴らしのいいことだけが取り柄の住まいである。

そろそろ定年が見えてきた頃、この近くにある主力工場の技術経営部長代理をしていて、その時にこの住まいを手に入れた。地方はここことは違って西のほうだが、生まれも育ちも海の近くだったので、むしょうに欲しくなった。

定年になってもしばらくは、ここの工場に近い子会社で仕事が続くだろうということもあった。当時まだ健在だった妻の実世《みよ》も、道夫がむかし旧制の高等工業を出て、徴兵検査と第一回の兵役をどうやら済ませ、工場に配置されてきたその当時に、上役の世話で結婚した土地の女で、夫の退職後ずっと先々も、生まれた土地で暮らしたがっていた。だがほんとうのところを言えば何よりも、西の海辺に生まれた自分自身が、海が見え、波の音が聞こえ、磯の匂いが漂ってくるところに住みたかったのだった。

古い話になるが、日露の戦役に動員された父親は長男誕生の知らせを聞くひまもなく、異国の港に停泊する病院船のなかで戦病死したという。西のほうの海辺の町に残された母親と、年の離れた姉からその話を繰り返し聞かされて育つうちに、会うことのなかった父親の姿は、遠い暗い海、鈍く船腹に響く波の音、潮に浮かぶ塵芥の臭気と一緒になった。寒い夜の波に揺れる病院船の赤十字のマーク、船倉の暗い裸電球の光とベッドの列、その片隅に憔悴して横たわる汚れた白衣の父親……。毎夜そうした光景とともに幼い少年は眠り込んだ。

だが七十年を越す年月の間に、そうした想像の光景はいつしか、かつての鈍く胸を押しつけてくるような力を失い、むしろ毎夜そういう光景を見ながら眠りに就いていた少年への、そして彼を包んでいた故郷の穏やかな海への、切ない懐かしさのようなものへ変わっていた。

自身も三十年ほどの昔、道端の隅々から敵意の滲み出てくる異国の間道と暗い湿気と鈍い暑さに閉された密林の迷路を辿り抜け、無惨で酷薄な敗走を生き延びて、いま古希を越える老人となった道夫の双眼鏡の向こうには、晩春の穏やかさのうちにどこか暗さの残る北の海が、いく筋にも微妙に色を変化させながら広がっている。


「じいじ――」

庭に出ていた老人の後ろで、幼い声が聞こえた。

一人暮しの父親を案じて、近くの小都市に住む娘の未知子が時折訪ねてくる。昨夜も、子供を連れて泊まりに行くという電話が入っていた。声は上の子の光比古《みつひこ》だった。

「おお、光坊、来たか。ママは?」

「スーパーへ行った。千穂も付いてった。あいつは色付きのビーズが欲しいんだ」

この町には最近スーパー・マーケットができて、一角に子ども向けの雑貨もおいてあるが、娘の家族が住む団地近辺には、まだスーパーというものがない。

「光坊は行かなかったのか、スーパー?」

「つまんないよ、女たちとなんか、一緒に行ったって」

まだ学校にも上がっていない男の子の突っ張りように、老人は思わず頬が緩んだ。

「いいのか、そんなこと言って? こんどSLに乗りに、ママに連れてってもらうんじゃなかったのかい」

ついこの間までママのあとを半べそかいて追いかけていたのに、とも付け加えたい祖父に向かって、光比古は反撃した。

「なんだ、じいじ、知らないの? SLはもう全部なくなったんだ。でもいいんだ。これからは日本中、どこでも新幹線で行けるようになるんだから」

この子は美しい眼を持っている、と祖父は思った。でもいいんだ、と強く言い切ったときの彼の眼には、自分のまだ乗らないSLが廃止になってしまったことへの悔しさと、それを否定しようとする幼い意志の力とが、せめぎあいながら輝いていた。それでいい。これから沢山の悔しさと沢山の嬉しさを、毎日毎日、沢山味わって、それで毎日毎日、大きくなって行くのだ——。

老いた道夫のなかで、小さな生命への祝福に似た思いが動いた。柄にもなく——。亡妻や自分の子どもたちには、そう笑われるかも知れない。わが子たちが幼いころは、ただ忙しく立ち働いているうちに日々が過ぎて行った気がする。いま振り返って、それを悔やむ気持ちが老いた道夫の心をかすめた。

しかし幼い子どもの活発な興味は老人の感傷めいた気持ちには関係なく、すぐに目の前の対象へ移って行く。

「——じいじ、双眼鏡、持ってたの？　それ、双眼鏡でしょ」

「そうだよ。覗いてみるかい」

「うん」

「重いぞ」

「大丈夫だよ」

「何が見える？」

庭にいた道夫は縁側の重い双眼鏡を手に取り、そこに立つ子どもの眼の高さに合わせて下から支えたのだが、光比古はそれを振り払うようにして自分も庭に下り、小さな足に庭下駄を突っ掛けて海を見渡せるところまで出て行った。道夫はそのプライドを傷つけぬように、光比古の後ろからそっと双眼鏡を支えた。

光比古は幼年の狡智で、双眼鏡を支えてもらっていることには気づかぬことにしたらしい。ことさらに胸を張って、双眼鏡で海を大きく見渡した。

「何が見える？」道夫はもう一度きいてみた。

「いろんなもの」双眼鏡に熱中している光比古は、いかにも面倒くさそうに答えた。

「いろんなものって何だ？」

道夫は可笑しくなって、しつこく聞いた。

「波が見える。それから、鳥」

「どんな鳥？」

「いろんな鳥——。大きいのや小さいの」

道夫は思わず羨んだ。さっき自分が双眼鏡で見渡したときには、水平線の向こうへゆるやかに消えていく海と、そこに浮かぶ二、三隻の船が目に映るばかりだった。だが少年の新鮮な視力には、曇った古レンズを通して沖のさざ波の細かい光や、その上を飛び交う海鳥の翼の鮮やかなひらめきが見えているのだろう。

「——それから、向こう岬のお社《やしろ》が見える」しばらくして光比古が付け加えた。

「それは、じいじにも見える」

老人は気を取り直し、半ばふざけるように答えた。住まいの建つ岬の左下から小さな砂浜がえぐれながら北へ伸びていて、その先にこちらより少し高い〈向こう岬〉があるのだが、その先端に建つ神社なら、ここから肉眼でも見える。

が、光比古は祖父の言葉は無視して、じっとそこへ双眼鏡を向けている。

「光坊が生まれた時のお宮参りは、あそこだったんだよ。おばあちゃんに抱っこされて」老人のことばは独り言めいた。

「お社の鳥居のところに鳥が沢山、集まっている。すごい！　空で渦を巻いている」

少年は熱中し、老人は記憶に沈んだ。久しぶりに華やいだ着物姿で赤ん坊を抱いた実世。まず男の子、次いで二年後には女の子の孫を抱いて社殿の前に立ち、そして翌年に死んだ。

突然、二人の初めての夜の、若い妻の姿が甦った。田舎の長い結婚式を終え、近郊の温泉宿の湿気て重い布団の中で、湯上がりの火照った身体を硬くしていた妻。あの夜と、アルバムの写真にも残る孫たちのお宮参り——その間に実世の人生は過ぎた。子どもたちの相次ぐ誕生、戦争と夫の出征。実家での、子連れの疎開暮らし。成長する子どもたち。東京での短い社宅生活、新しい岬の住まいで庭先に咲かせた草花。そうしたことはみな、あの一夜とあのアルバムに残る孫との写真の間に挟み込まれて、そして今、どこへ消えたのだろう——。

「ほら、じいじ、見て！」

興奮する孫に双眼鏡を押しつけられ、それでも夢から覚め切れぬように、道夫はぼんやりと向こう岬の神社へ双眼鏡を向けた。

「ね、凄いだろ」

確かに双眼鏡の視野には、只事ならぬ鳥たちの乱舞があった。カモメより少し小さい、無数の黒い海鳥たち。あれは何をしているのだろうか。互いを威嚇するかのように、求め合っているかのように、何の理由も知らぬかのように、高く舞い上がってはまた身を翻し、鳥居をくぐるほどまでに舞い降りては、また無音の叫びを上げながら双眼鏡の画面を滑り過ぎた。

「じいじ、あれ何してるの?」

双眼鏡から眼を離し、呆然としている祖父に孫が尋ねた。

「さあ、何だろう? じいじも初めてだ」

「鳥って、こわい」

光比古は祖父の手を握りしめた。向こう岬の神社の鳥居の辺には、黒ゴマのように飛び交う鳥たちの影が、肉眼でもかすかに見えた。

緒戦は友軍有利と見えた戦局はたちまち反転して、やがて師団は敗走を重ねた。所属部隊は崩壊し、敗残の兵らはおのがじし熱帯樹の花々が赤く燃え立つ曠野を放浪した。その美しさに一瞬、かつて内地で慣れ親しんだスケッチ・ブックの触感を思い出しながらも、双眼鏡はなおも遠方の状況を映し出して、ただ他者にさきがけて生き延びる手立てだけを暗示していた。行くうちに数名の群れとなって流浪する兵士らは、遠くの空に飛び交う黒ゴマのような鳥たちの影に、人々の行き交い、食物の有無、自らの生死を読んで、銃を握りしめ、その引き金に指を掛けた――。

「――ねえ、ねえ、お兄ちゃん！　じいじ！　いる？」

女の子の舌足らずな声が、さっきから聞こえていた。「ママがね、お昼ができたから、早くいらっしゃいって」

「――ああ、千穂か。帰ってたか。すぐ行くよ」

呼びかけられて我に帰り、道夫は縁先へ向かった。そのうしろから光比古が言った。

「ねえ、お社へ行ってみようよ」

「よし、よし、お昼ご飯、終わったらな」

砂浜に沿った崖の上には向こう岬へ通じる細い抜け道がある。お宮参りのとき、実世も孫を抱いてそこを歩いた。

「よし、崖上の道を通って行こう」

「うん、男だけだよ」そばで聞き耳を立てている妹のほうを見ながら、光比古が念を押した。

うん、うん、と頷き返しながら見下ろすと、昼過ぎの砂浜を短い影がひとつ、崖のほうへ横切って行くのが見えた。


昼食を終わった頃から天候が変わって雨になり、祖父と孫は居間で将棋を指しながら止むのを待った。だが駒を並べるうちにも風が強くなり、春の嵐になった。光比古は何度も縁側に立って、暗い空を見上げたが、向こう岬の空にも稲妻が走って、その光に社殿と鳥居が浮かび上がり、やがて雷鳴が聞こえ始めた。

「雨、止むかな」光比古が呟いた。

「大丈夫だよ。泊まって行くんだから、明日は天気になるさ」祖父は慰めた。

嵐が過ぎ、雷と突風が静まったあとも静かな雨が続いた。ときおり遠くの空で稲妻が光った。

午後遅く奥の電話が鳴り、未知子が出て、少し長い電話になった。電話を切ると、未知子は縁側の籐椅子の父親のところに来た。

「ちょっと都合で、泊まるの止める」

「何だ、つまんない！」

道夫が何か言うよりも先に光比古が反応したが、「パパが大事なご用事だから、駄目」と未知子は取り合わなかった。

「――あの人、女房がうちにいないと不満なのよ」未知子は少し声を落として父親へ言った。

道夫は何も言わなかった。

「晩御飯、ちょうどできたところだから、父さん、あとで食べてね」

そう言い残すと、未知子は慌ただしく子ども二人をくるまに乗せた。

娘たちを見送ったあと、道夫は縁先の籐椅子に戻った。雨は上がり、濡れた庭木が晩春の重い夕日に光っていた。遠くではまだ雷鳴が響き、暮色に沈んだ向こう岬の社殿と鳥居が、ときおり空に走る名残りの光に浮かんだ。

何か不調和な娘の結婚についてのいつもの不安が、道夫の心を横切った。だがそれは、人生のどうすることもできない事柄の一つだった。

道夫は、ＳＬに乗り損ねた光比古の悔しそうな表情と、幼い男の子らしい黒々と美しい眼を思い出した。

人生は、どうすることもできない事柄で満たされている。だが、待てばいい。

昔、故郷の海に近い高等工業の生徒だった頃、歴史クラブの顧問の先生から聞いた英語の諺が、長い年月の果てにまた心に浮かぶ。

Everything comes to those who wait.

上級生の一人が歴史クラブを歴史研究会に改称しようと言い出したとき、老年の教授はそれを思いとどまらせ、その英語を口にしたのだった。

待つことを知るものには、すべてが与えられる——。

待てばいい。あの異国の港に浮かんだ病院船の暗い夢から始まった長い連鎖が、七十年を越す時間の果てに、ああいう幼い者の真剣な悔しさとあの美しい眼を生み出したのなら、その間を繋いで生きてきた人間たちのさまざまな労苦や思いや口惜しさ、変転も、振り返ってみな肯定するべきものとなるだろう——。

道夫は籐椅子の上で、夢と現実の間に広がる茫漠たる時空を漂流し始めた。歴史クラブの先輩がやがて新兵訓練の最中に事故死したらしいという古い噂が、記憶の底からゆるやかに浮かび上がってきた。自殺だったらしい、いや、制裁の末だった、と囁く声も聞こえた。が、その記憶も声もまた浮遊する時空の中へ消え、そして彼の肉体と意識はそのうちにも、時の傾斜をゆるやかに、しかし確実にある一点へ向けて滑り下りて行く。

脇の籐テーブルにはあの黒く重い双眼鏡が、夕暮れの闇に沈んで忘れられていた。

2

「要るものは、もう忘れてないわね？　今日が最後よ。大丈夫？　あとで惜しくなっても間に合わないのよ」

「大丈夫。しっかり調べた」

光比古は廊下からまた念を押す母親の未知子をうるさがることもなく、落ちついて答えた。だが、ほんとうを言えば、明日は人手に渡るこの家に、要るものは何もない。

光比古が要るのは、今も玄関の外に置いてある一二五ccのバイクだけだ。先月、三年貯めたバイトの金で手に入れた。

光比古が大学に入った年、ベルリンの壁がなくなったと言って、世間が大騒ぎをした。小柄で長髪で頭の上が禿げかかった中年のドイツ語教師は、自分が生きているうちに壁がなくなるとは思わなかったと言って、遠い眼をした。

「昔は壁に、外国人だけを通す検問所があってね」

普段は黙々と授業だけを進める彼が、珍しく、ひとりごとのように言葉を続けた。

「いつかはバックパック一つを背負ってそこを通り過ぎ、壁の向こうを自分の足で歩いてみたいと思っていた」

「先生」と、そのとき、光比古が思わず手を挙げたのは何故だったのだろう。普段、語学の授業などは最小限の労力で行き過ぎるのを旨としていたのに。「壁を抜けて、どこへ行こうと思っていたんですか?」

「それはやはりワルシャワだな」陰で学生たちに〈ドイツ語の耕平〉などと気易く呼

ばれていた中年の教師は、ひとりそう呟いてまた遠い眼をした。

そのとき光比古は、自分こそがいつか必ずバイクを手に入れて、壁がなくなったベルリンを走り抜け、その先はるかワルシャワまで、休むことなく走り続けようと決心したのだった。

そして今、バイクはもう手元にある。

出発まで、そうだ、もう半年。そうすればバイクはぼくを乗せ、ワルシャワを目指して走り出す……。

光比古は明るい眼で、明日からは足を踏み入れることのないわが家を見まわした。


光比古は母親の手前、小学生の頃の提出物や古雑誌など部屋に残っていたものを持出し品として適当に古カバンに押し込み、縁側に出しておいて、自分は庭に下りてみた。この二、三年、住む人のなかった庭は、この夏もまた野放図に繁った灌木の群れ葉や、今は茶褐色に枯れた蔦、雑草で覆われていたが、それでもそれを掻き分けて先まで出れば、崖の向こうに秋の海が光っている。

「光比古さん、雨のあとは滑るから気を付けて！」縁側から母親の声が聞こえた。

「うん、大丈夫、気を付けてるよ」

光比古は素直に応えながら、ママは相変らずひどい心配性だな、とまた思った。ぼくが崖の上に立つと必ず崖が崩れる。飲み会があれば必ず急性アルコール中毒になるし、バイクに乗ると必ずダンプが暴走してくるんだから。

でもママはその割に千穂のことは心配しない。ママは、女の子は自分で用心するからと言う。そうかも知れない。千穂は短大生になったのに、相変わらず小さなウサギのように臆病だ。でも臆病で恐がりだから、時々ひどく乱暴になる。ママは知ってるんだろうか、そのことを――。

あの古い双眼鏡はどうしたんだろう？　庭先から海を見ていて、光比古は思い出した。じいじが死んだあと、ぼくの部屋にあったはずなのに。

まだ元気だった祖父と一緒に、はじめて双眼鏡を覗いた日の一々を、光比古は今でもよく覚えている。あの日、おじいちゃんの家に泊まる予定だったのが急に変わって、小さな公団住宅のわが家に戻ったら、父親が仕事で何年か外国へ行くという話になっていた。でも幼い光比古は、母親と父親がいつになく真面目な顔で話し合っている間、ただずっと、双眼鏡の中の向こう岬、その上で激しく飛びつづけていた鳥たちのことばかりを考えていた。

でもあのとき、いったい鳥たちの何を、ぼくはあんなに真剣に考えていたのだろう。光比古はそれを思い出せない。急な春の嵐のせいで翌日に延ばした、じいじと一緒の向こう岬行きは、泊まる予定が変ったので結局実現しないままになった。別の機会に実現したときはもう別のものになっていた。思い出すのはそのことだった。そしてあの頃から少しずつ生活が変わって行った。幼児の頃には、明日は今日と同じだし、あさってもその明日と同じだと思っていたのに――。

父親の外国行きの話は、結局、単身赴任でけりがついた。残った家族三人は公団住宅を離れて、祖父が一人暮らしをしている岬の家へ移った。光比古と千穂はそこから学校へ通うことになった。

光比古を可愛がってくれた母方の祖父との同居は、もともと仕事で忙しかった父親の不在を補うに充分だった。社殿の上を乱舞する鳥たちを見かけることは何故かもうなかったが、いい季節には向こう岬へも、砂浜や崖上の道をゆっくり歩いたり、時には自転車も使って二人で出掛けた。だが、そうして三年ほども経っただろうか。ある秋の朝、いつも早起きの祖父が、光比古の登校時間になっても起きてこなかった。

救急車や葬儀屋の出入りで一日二日、家がざわついたあと、忌引で学校へ行かぬ平日の午前は、無闇に明るく、静かだった。

人間はやはり死ぬものなのだ——。

お棺を寺へ運ぶための霊柩車を待つ間、庭先から海を見ながら、光比古は今まではうっすらと知っていたことが改めて心の奥へ沈んで行くのを感じていた。光比古は小学校の二年生になっていた。

父親の海外滞在は予測より長引いた。月に一度、必ず届く、几帳面で簡単な絵葉書、そして時折の帰国がその存在を思い出させながら、残りの家族は自分たちだけでの生活を岬の家で続けた。

母親が結婚前にも住んでいたという岬の家と、月々規則正しく届く絵葉書の異国の風景——そのふたつの間で光比古の明るく穏やかな子ども時代は過ぎて行った。祖父の葬儀の日に心に確認した死の予感は、ときおり鳥の影のように幼い心をよぎったが、すぐにまた消えて行った。

やがて光比古が関東の大学に入って家を離れ、父親が昇進して日本に戻ってきたとき、夫婦二人と近辺の短大へ通う千穂は、父親の勤める会社がある近くの小都市のマンションへ移って、岬の家は無人になった。

それが三年前だった。最近、不便だが眺望のいいこの土地を是非にと望む人が現れ、母親には当然、懐かしい家を手放すのにためらいがあったが、それでも多少の経緯を経て、もうすぐ引渡の期限がくる。

今日は、もともとここに住んだことのない父親の邦彦は別として、未知子、光比古、千穂の三人が岬の家の最後の整理に来ている。今日中に持ち出されない品物が後日、取り壊された家の廃材とともに処分されると、そのあと岬の土地は更地に戻り、しばらくの間、潮騒と海鳥の鋭い啼き声だけが荒れた庭に響くのだった。

潮騒の響きと海鳥の啼き声が崖下の海から低く高く聞こえていたあの日、昼ごはんが終ったら、崖上の抜け道を抜けて、見知らぬ鳥たちの空高く渦を巻いて乱舞する向こう岬へ行ってみようと、じいじは言った。そのとき、幼い自分は「男だけで」とじいじに言い、じいじもそれに頷いた。そのことを光比古は今も忘れない。

だが、その約束はあのとき、よく分からぬうちにどこかへ消えてしまった。あとで向こう岬へ一緒に散歩したときには、それは全然別のものになっていた。

子どもの頃には、ひどく大事なことが大人の都合だけで何かうやむやになり、本人にはよく分からぬまま消えてしまう。

でも、いいんだよ、じいじ。ぼくはもう大丈夫なのだから――。

光比古は、とっくに死んだ祖父に言った。もしじいじにまた会えたら、小さかった自分の不安、あのとき、じいじに手を引かれ、向こう岬へ歩きながら、じいじにだけ打ち明けたかった幼い不安を、今は笑って話せるだろう。

男は大人になれば、けっきょく一人で生きていかなければならないのだろうか？　しかも、女などという、ひどく役立たずの、何だかよく分からないものを引き受けて。

そんなことがぼくにできるのだろうか――。幼い光比古にはそれがひどく不安だった。

なんであんなことに悩んでいたのだろう、学校へも行かないチビが。好きに生きればいい。そして好きに死ねばいい。女なんか、ほっときゃいい。誰だって、それしかできない。

勝手に生きればいいのだ、あの鳥たちのように——。

乱舞する鳥たちの無音の啼き声が、記憶の中で耳を打った。

昔、幼稚園で人工衛星の話を聞いたその夜、空を横切って行く衛星の窓に暗い宇宙をじっと見つめている子犬の姿が現れて、夢にそれを見る幼い心を無限に寂しくした。身体で風を切るバイクがいいと、やがて思うようになったのも、きっとあの衛星の窓から外を見つめる子犬に会ったからなのだ。

気儘な鳥たちの羽音、子犬の寂しい目。彼らのためのスケッチ・ブック。そしてバイク——。

ぼくが双眼鏡のなかで乱舞する鳥たちを見た日、じいじに話したかったのは、そうだ、もう決して不安のことではなかったのだ。不安ではなく、ただ言いたかったのだ——ぼくはあの鳥たちのように勝手に生きたい、そして勝手に死にたい、と。

幼い自分の感じた死の寂しい手触りの記憶に深く揺さぶられた青年は、その瞬間、あえて気負い込んで、生と死をあざやかに割り切ってそう思った——まるでまだ学校へも行かないチビのように。あるいはまるで、記憶の中の幼いチビの深い恐れを無理にも押さえ込もうとしている青年のように。


「お兄ちゃん、どこ?」家のほうから千穂の声がした。

「庭にいるよ」

千穂は細い素足に庭下駄をおぼつかなく突っかけ、秋の庭を横切って近づいてきた。

「部屋の片付け、もう済んだの?」

「ああ、済んだ。どうでもいいものばかりだもの」

「私、全然、だめ」

千穂が片付けあぐねていることは、聞かなくとも分かっていた。もともと思い出を捨てられないたちなのだ。

「ぐずだな。手伝ってやろうか」

「うん」

光比古は千穂相手だと、子どものときから泣き虫の妹の世話を見てきた癖が出る。その日も千穂の部屋に戻って小一時間、あれも捨てろ、これも要らないだろうと世話を焼いて、どうやら恰好を付けた。光比古にせよ千穂にせよ、もともとマンションへ引っ越したときに大事なものは仕分けして、運んだり始末したりしたのだから、いまさら迷わなければならないほどのものは残ってないはずなのだ。

「あとはみな放っておけば、建物の残骸と一緒に燃やしてくれるさ」光比古はそう言って、縁側で手や服に付いた埃を払ったが、うしろで千穂は黙っている。

おやおや、またかな、と兄は思って振り返ると、千穂は家具も何もなくなった小さな子供部屋の真ん中にぼんやり立ったまま、「生まれたときからずっと住んでたのに」と呟いた。

「いや、引っ越してきたのは、千穂が三才三カ月の時だよ。それに今はもう住んでない」と、兄は妹の思い違いと誇張を優しく、しかし正確に訂正した。

「覚えてないもん、そんなこと」千穂の目に溜まっていた涙がゆっくりと膨らんで溢れ、流れ出す。そして、それを拭いもせず、またひどく古風なことを言った。

「ずっと、ここからお嫁に行けると思っていたのに。お兄ちゃんに見送られて――」

むかし幼い千穂がべそをかいて外から帰ってきたりすると、光比古はよく親の口真似で「折角の美人が台なしだぞ」などと、これもまた古風なことを言って、涙を指で拭ってやった。千穂の涙を見ると、指はいまもそれを思い出して、条件反射のように動こうとする。

薄くて頼りない千穂の身体が、すぐ目の前で感傷の涙に震えている。光比古が抱き寄せたことのあるどの女友だちの身体よりも、それは薄い肩だった。

こりゃ、ちょっと、やばいな――光比古は呟いた。そして危険を避けるために、取り急ぎ憎まれ口を叩いた。「嫁に行けるも行けないも、それは相手を見つけてから言うセリフだろ」

「ふざけないでよ」兄がふざけて危機を脱出しようとしたことに気づいているのか、いないのか、千穂は本気で怒って光比古の胸に手を掛け、揺さぶった。「相手くらい、いくらだっていいます」

千穂はやっぱり乱暴だ。そのなすがままになりながら光比古はまた呟いていた——。

「さあ、ぜんぶ片づいた？　もう帰るわよ」

二人を急かす母親の声が、次第に廊下を近づいてくる。さっきから兄の胸に躊躇《ためら》うことなく涙の顔をこすりつけていた妹は、時間切れを告げるその声にまた改めて兄にしがみつき、声を震わせてしゃくりあげた。

女ってのは、まったく厄介だ——。

妹の薄い肩を曖昧に抱きながら、光比古はいま一度、呟いた。

妹だって他の女だって、何の変わりもありはしない——。

晩秋の冷気のなかで千穂の身体の温もりと湿気と震えを感じながら、光比古の心には美しいワルシャワの風景が浮かんでいた。尖塔の聳える空に雲が流れ、大河に沿って樹々が風に揺れている。

むかし絵葉書で見た景色だ。ママとぼくと千穂の名前が、お父さんの手で書かれて三つ並んでいた。ぼくらは宛て名の下の狭い余白に書かれた短いことばを読み終わると、いつも顔を寄せ合って絵葉書の風景を眺めた。もうよくは思い出せない遠い父親の顔を思い出そうとしながら。

そうだ。ぼくはもうすぐここを出発し、崩れたベルリンの壁の残骸を突破して、ワルシャワまで走り続けるのだ。そこではきっと、暗い宇宙をじっと見つめていたあの寂しい子犬が今は石造りの尖塔の高い窓から街路をじっと見下ろしていて、彼のためのスケッチ・ブックを持つぼくを待ちわびているに違いない——。

「どう、片付いたの?」

近づいてきた母親の声が、また聞こえていた。

3

水平線の向こうから小さな砂浜へ波が寄せてくる。波は岸に近づくに連れて次第に高まり、白い波頭を現わしながらやがて崩れて、鈍い灰色の浜に広がり、引いていく。光は明るいが、大気はまだ冷たい。明るい冷気の中には死の名残りと生の訪れが交錯している。

この海の向こう側はどこなのだろう。カナダだろうか、アラスカだろうか。そこの海岸へも波が寄せているのだろうか。

向こうへ寄せる波と、こちらへ寄せる波とは、太平洋のどこで生まれ、どこで両側へ別れて、それぞれの岸へ寄せて行くのだろう。

海岸に座って波を見たり、その音を聞いていたりすると、海の中へ引き込まれる気がする。

未知子は幼い子どもの頃にも一度、この海岸に立ったことがある。そのときはじめて、引いてゆく波に引き寄せられる感覚を知った。暗いめまいのようだった。波の引く力に抵抗していたのか、それとも自分の知らぬ自分の心が、波の中から自分に呼び掛けていたのだろうか。

その日は、父親と一緒に少し山へ入った母親の実家を訪ねて行った帰りだった。父親は母親が待つ工場近くの社宅へ帰る前に幼い未知子の手を引いて海岸に下り、打ち寄せる波の前に立ってしばらく海を眺めていた。

「さあ、深呼吸をしよう」

父親はそう言って、ラジオ体操のように両手を高く挙げて大きく広げ、未知子もそれを真似して、二人で大きく深呼吸をした。海の匂いが幼い未知子の胸に深々と入ってきて、知らない世界へ誘っているかのようだった。

未知子は父親に何か言いたくなって隣を見上げ、はっとした。

そこにいるのは、いつも見慣れた父ではなかった。父は両手を大きく上げたまま遠い空を見つめて動かず、隣に未知子がいるのも忘れているみたいに見えた。

波の音が急に高まって、父親を見上げる未知子の心を誘っていた——。

そうした記憶は、ほんとうの記憶なのだろうか。それとも後になって作られた疑似記憶なのだろうか。

召集ということばが家の中で聞こえ始め、数日して父親の姿が見えなくなり、お父さんは出征したのだと母親に教えられた。

幼いころ朝早く寝床の中でうとうとしていると、いつも洗面所の流しのほうから父親のうがいの音が聞こえてきて、幼い未知子はその音にもう起きなくてはといつも思いながら、いつもまた少しまどろんだ。だが、それからはもう毎朝、父親のうがいの音なしに起きなければならなくなった。

戦争は終わり、父は無事に帰ってきた。そして父親のうがいの音も朝の寝床でまどろむ幼い未知子の夢のなかへ戻ってきた。だがその響きの中へは、いつかまたそれが聞こえなくなるかも知れないという不安が忍び込んでいた。

父親と並んで海岸に立ったあのとき、父親が自分を連れて妻の実家を訪ねたのは、出征の挨拶と留守の間の助力、そして万一の場合には遺家族となるだろう妻子への扶助を頼んでおくためだったと気づいたのは、かなり後になってから、もう半ば大人になってからだった。

あれから半世紀を越える時間が過ぎた。戦争から無事に戻った父親も、留守を守った母親も、みないつの間にかいなくなり、いま未知子はひとり海を前にして海岸の流木に座っている。その背後をときおりトラックが走り過ぎて行く。

向こう岬へ通じる崖上の抜け道が切り開かれ、往復二車線の道路ができて、そこをトラックが日々、何ごともなかったかのように、走り過ぎている。

あの岬の家の最後の片付けの日、寄り添う光比古と千穂の影を見つつ、自分は完璧に仕合わせだったのだという思いが、改めて未知子の心を通り過ぎた。

何故もう二年早く、この道路が出来ていなかったのだろうか。もし出来てさえいたら、もしこの道路さえあったら、光比古は死ななかったのに――。

向こう岬の神社を目指す光比古のバイクのタイヤが、崖上の抜け道の高く狭いカーブで、濡れた赤土の道に滑って転落したのだった。

遠い未知の国へ向けて走り出す日を前にして――。

向こう岬の社殿の背後には今、高々と組み上げられた鉄骨が何本か、姿を見せ始めている。実用化試験と観光用とを兼ねた風力発電塔の建設だという。トラックは未知子の背後を、そのための資材を運んで走り過ぎる。

やがて実用化試験に成功すれば、向こう岬から更に大きく湾曲しながら北へ延びる海岸線に沿って何十もの発電塔が立ち並び、その塔の一本一本で真新しい風車が風に光って回り続けて、それは新時代の到来を告げる未来の景観となるのだともいう。だが光比古がその未来の景観を見ることはない。

なぜ光比古は自分のバイクを、その未来の景観のなかへ走らすことができなかったのか。その未来の景観の中へ自身もまた一つの点景となって走り込み、そのまま愛するスケッチ・ブックとともに海を越えて異国の道をベルリンへ、そしてワルシャワへと、心躍らせながら、なぜ走りつづけられなかったのか。

そこでは聳える尖塔が彼に微笑みかけ、その町の地下に縦横に巡らされているという水路が彼をやさしく迎え入れるだろう。光比古の乗るバイクが水しぶきを上げて走る水路の先には、自由な空、美しい国土を貫き流れる大河の水のきらめきが待っている――。

未知子はいつしか、その水のきらめきの美しさ、そしてその絶望を語った、遠い昔に出会った若く、少し幼い青年の声を聞いていた。自分があの声を聞いたのは、いつのことだっただろうか。そしてまた、二人の子どもたちと一緒に読んだ不在の夫からの絵葉書の写真に、その若い、少し幼い声が久しい昔に見せてくれた異国の都会の風景を突然、眼にして心揺らいだのは、あれはいつのことだったのだろうか。

砂浜を暗い灰色に湿らせて拡がった波は、またくりかえしゆっくりと海へ引いていく。それを見つめていればあらゆる思いや記憶も、ともに忘却の海へ運ばれて行くかのように思えてくる。

だが悲しみはすぐにまた忘却の海から、昔の思いや旧い記憶を海に漂う漂流物のように運び返してきて、それを時間の砂浜に座るものの心に拡げる。

4

その日は光比古の三回忌だった。未知子は若くて不幸な死に方をした光比古をごく内輪で悼むつもりだったのだが、周囲にも多少は悼みたい人もいるだろうからという夫の意向に従ううちに話は少しずつ変わって行って、当日は午前中に亡父道夫の少し遅れた十七回忌を兼ねて、山裾の古いお寺に若干の親族と親しかった友人たちが集まって久しぶりの法事を営み、そのあとは少し時間をずらして、午後になってから親族中心にささやかな会食を町の料理屋ですることになった。

遠い西の海辺に住む亡父の親族から、前日に家を出られないので午前の法事には間に合わないが、会食にはぜひ参加したいと言ってきたので、時間をずらしたのである。

光比古の三回忌と亡父の十七回忌は、新しい悲しみと懐かしい懐旧の想いが交錯するうちにも、穏やかに、充たされた心を残して終わり、週末でも忙しい夫の邦彦はそのあと、会食までには戻ってくると言い残して、一度、会社へ向かった。

午前の法事と午後の会食との間に空いた時間を一人で過ごしたかった未知子はいま、千穂の婚約者の軽で海岸に来ていた。砂浜へ下りる階段のところで母親を下ろした千穂は、あとで迎えにくると言い残して、婚約者とふたり、昔の岬の家の辺りへくるまを回した。

岬の家の跡地には今はレストランが出来ていて、会食はそこにしようと兄が言いだしたのだが、未知子は強硬に断った。五歳ほど年上の兄は父親が定年間際に建てた岬の家に住んだことがなかったが、未知子は娘時代の最後の日々をそこで父母と過ごし、そこで婚約してそこから嫁に行き、更に夫が日本を離れていた三十代からの十年余りをその家に戻って、そこで父親を見送り、光比古と千穂の二人を育てた。いまその岬の家がなくなった跡に建つ、眺望を売りにする小洒落たレストランなどを、未知子は自分の目で見たいとは思わなかった。

まして若い光比古の三回忌の当日の今日に、幼い兄と妹がもつれ合うようにして庭中を駆け回っていたその土地へ足を踏み入れるなど、考えられることではなかった。兄にそれを言うと、「父さんが建てた家があったし、それに光ちゃんが育ったところだからこそ、ぼくはいいと思ったんだがね」と言い訳したが、妹の険悪な表情を見て黙った。

この機会に父親の十七回忌を兼ねようと言いだしたのも、兄だった。二年前に勤めを定年少し前に退職した律夫は、急にその手のことに熱心になった。未知子は父が幼い光比古をいつも愛おしんでいたことを思って、その提案を受け入れた。

妹が言葉少なに同意したとき、兄は変に嬉しいような安心したような表情を見せた。

「うん、これでいい。父さんの法事のこと、西の在の人たちがどう思っているか、ずっと気になっていたんだよ。七回忌も十三回忌もパスさせてもらっていたからさ。忘れてた訳じゃないんだが、あの頃はこっちもそれなりのポジションで、暇がなくてね」

兄は父親が大昔、瀬戸内の小都市の高等工業へ進むために故郷を離れて以来、もう戻って住むことのなかった西の海辺の土地の名前を引き合いに出して、喜んだ。

それを聞きながら未知子は、生きているうちにあと何度法事があり、あと何度、この兄に会わねばならないのだろうか、と考えていた。


タイヤが砂に軋る音がして振り返ると、戻って来た千穂たちの軽が道路際の砂地に乗り入れて、そこで止まった。先に助手席から千穂が降りて、こちらへ向かって手を振っている。運転席から降りた婚約者も、くるまの脇に立ったまま、笑顔をこちらに向けた。

光比古の事故の知らせを聞き、二人でその死を確認したとき、千穂は母親の肩で号泣した。突然の事態を理解もできず受け入れることもできなかった未知子は、ただ肩に震えるその温もりと重みに、この子は兄を失って、この先、生きていけるだろうかと、ただ、そのことばかりを危ぶんでいた。

それは二年前のことだった。そして今、千穂は婚約者と並んで、明るい笑顔で手を振っている。

手を振返しながら未知子の胸に深い安堵に似たものが拡がった。

未知子の心には、婚約を聞いたときの、娘のことばが残っていた。

「よかったじゃない。穏やかでいい人だし」そう応えた母親に千穂は呟いた。「誰でもいいの。もうお兄ちゃんいないんだもの」

だが光比古がいなくなった今、誰でもいいと思った相手がやがては掛け替えのない相手になって行って欲しいと、母親はただそのことを心から願っていた。

あの岬の家の整理の日、一部屋ごとに忘れ物がないかを確かめて行った未知子は、最後に子ども部屋の戸を開いて、千穂が兄の胸に深く顔を埋めているのを見た。

そのとき未知子は特に驚かなかった。未知子は前から、兄と妹が時として世間の常識を越えて仲のよいことに気付いていたし、それを格別、困ったこととも思っていなかった。世の道徳の浅瀬に何かとざわめき立つさざ波など、仲のよい兄妹が一緒に育つ仕合わせの深さと比べれば、何ほどのことだろうか。未知子はそれをただ羨ましい、わが身と引き比べてむしろ妬ましいと思って暮らしてきた。

兄妹であれ恋人同士であれ夫婦であれ、互いに真実の関心を持ち続けられる二人は希有なのだ。

未知子はそのとき声を掛けず、妹を胸に困った笑顔でこちらを見た光比古に目顔で合図をするだけで、また戸を閉めた。

あの日、二人はおそらくそれと自覚することさえなく、世に稀な仕合わせを享受していたのだ。だからこそそれが過去となった今、千穂にはその生涯の至福の記憶を心の奥深くに大切に閉ざして、いまの仕合わせへ気持ちを向けて欲しい。

ね、それでいいわよね——そう無言で問いかける母親に死んだ光比古は、勿論さと答えながら、地下の水路を鉄格子の向こうの光へ向けて、バイクを走らせて行く。

あの格子は何だろう。未知子は、いぶかしんだ。ねえ、光比古、あなたは仕合わせだったわよね。うしろからもう一度、確かめるように問いかけ直した母親の言葉に、死者はしかし振り返らず、こちらへ背を見せたままただ、もちろんだよ、と応えるかのように、明るく手を振って走り去る。仕合わせなんか、ぼくらの世代には問題じゃないんだよと、遙か遠い昔に聞いた、別の、若く幼い声が代わりに応え、それと一緒に、三回忌を前にして数日前ようやく整理に手を付けた光比古の遺品のなかにあった美しい数葉の素描が、また心に浮かんだ。

肩の薄い、頼りなげな若い女が、素早く繊細に走る鉛筆の線で描かれて、あれこれと姿勢を転じつつ、物憂く横たわっていた。まだ未熟な裸の肢体には、今しがた経験した官能の魅惑と疲れがありありと見えた。それを目にしたとき、顔はどれも髪で半ば隠されていたが、描かれているのがみな千穂であることを未知子は疑わなかった。

それは光比古が現実に目にした千穂だとも見えたし、光比古の夢想のなかに現れた千穂だとも思えた。が、どちらであるにせよ、その痩せて美しい肢体からは、寂しさが滲み出ていた。

光比古は苦しんでいたのだろうか、妹との恋にたじろいでいたのだろうか――。素描を目にしたとき、それまで考えたことのない疑惑が未知子の心に走った。そして更に恐ろしい疑惑がそれに続いた。

あの事故は事故ではなく、現実からの無意識的逃亡、いや自己処罰だったのだろうか――。

だが未知子はすぐに、そして断固として、自分の疑いを打ち消した。若くして死ななければならなかった光比古の短い至福を妨げるものなど、決してあってはならない。

古代、この国の貴族たちの異母兄妹異母姉弟たちは、互いに自由に恋し、自由にまぐわっていた。それを教えてくれた遠い昔の年下の、少し幼い男の声がまた聞こえてくる。そして、もしそれが異母兄妹に許されたことなら、違う父を持ち、同じ母を持つ異父兄妹もそれを夢みて何故、悪いのだろう。いや、夢みるだけでなく、違う父を持つ兄と妹が一つ臥《ふ》し床《ど》に身を横たえて、同じ母の一つ胎内でともにまどろむ夢を二つの現身《うつしみ》で分かち合う甘美さ——なぜそれを禁じなければいけないのだろう。

自分の本当の出生を知らぬまま死んだ光比古は、その甘美さを許されえぬ禁じられた夢として、ただ夢想のうちに描いたのだろうか。それともその禁断と信じた甘美さを、今は失った現身に一度は現実に享け、そして数葉の素描にその記憶を描き残して、むかし私が耳にした、古代貴族の風習を説く遠く幼い声のこだまともども、私に残して行ってくれたのだろうか。

だが、そのいずれであろうとも、この美しく自由に走り描く線の軌跡には、ただ苦しみだけはない。いや、それだけは、あってはならない、決して……。

「お母さん、寒いでしょう、ここ」

穏やかな声に振り返ると、光比古と同い年だという婚約者が未知子の坐る海際まで降りて来て、邪気のない笑顔で熱い缶紅茶を差し出していた。冷えた手に受け取ると、未知子の身体は改めて早春の冷気に震えた。

「ママ、風邪、引かないでよう」上の軽の傍らで何かをしている千穂が、大きな声で叫んでいた。

5

もう少し時間があるので海辺を散歩して来るという二人に入れ替って、道路まで戻った未知子は、海岸で凍えた両手を熱い紅茶缶で温めながら軽の助手席に座り、足元からゆるやかに昇ってくる暖気に身を任せた。窓からは穏やかな波の打ち寄せる砂浜ではしゃぐ、若い二人の姿が見えていた。

軽の助手席に座るのは、いつ以来だろう——。未知子は思った。昔の狭い粗末な、中古の軽の座席が、記憶のなかで揺れた。

戦争が終わったとき未知子はまだ学校へも行っていなかった。帰還した父親は、戦後日本の復興と発展に歩調を合わせるように働きつづけ、新制中学で成績のよかった未知子は県立女子高から公立の短大へ進んで、簿記の基本を身につけるために経済コースを選んだ。何でも真面目に勉強すれば、だんだん味が出てくるよ、と父親は言った。

父親の言葉を信じて二年間真面目に勉強したあと、地元の手堅い会社での事務員生活が始まった。歳の離れている兄はもう東京の大学を出て、そのまま就職していた。

父親が岬の家を建てたとき、未知子ははたちを越えていた。新しい家へ引っ越した夜、日頃は飲まぬ祝い酒にほのかに酔いを含んだ父親は、少し眩しいような表情で娘の顔を見ながら、どうだ、お前もそろそろ見合いをしてみるか、と言った。

未知子は父親の判断と愛情をいつも信頼していたから、そのまま素直に頷きかけたのだが、気づいてみると珍しく蓮っ葉に答えていた。

「何よ、父さん、もう少しいいでしょ。せっかく新しい家が建ったのに。私を追い出すの？」

そろそろ潮時であることは分かっていた。が、笑われるかも知れないが未知子は、恋愛結婚というものをしてみたかったのである。

その望みは叶ったのだろうか。

海から気持ちのいい風が吹く岬の家で初めての夏を過ごして、やがて次第に秋が深まってくる頃だった。銀行へいつもの使いに出た未知子は、偶然そこで取引先の社員と出会った。休日の映画や食事くらいには付き合うようになった頃、ふと未知子が、ほんとうに偶然でしたね、あのときは、と言うと、三歳年上で大学出の邦彦は、悪意なく笑った。

「偶然を作るのに、ほんとうに苦労したんです」

それを聞いて胸の鼓動が早くなったとき、未知子は自分が恋愛をしていることを信じたのだった。

やがて婚約が結ばれ、邦彦の洋風の下宿で初めての経験を済ませると、結婚式が近づいてきた。世間は近づく東京オリンピックの話題で盛り上がり、未知子にはふと結婚にまつわる何もかもが自分と膜一枚隔てられたところで進んで行くように思える瞬間もあったが、いざその日がきて、涙ぐむ両親に見守られて結婚してみれば、仕事を辞めてわが家を整え、食事を作って夫を待つ生活は、確かに楽しいものだった。

ドイツの大衆車はかぶと虫と呼ばれていたが、日本のあれはてんとう虫だと言われた当代人気の軽自動車も、月賦を組んで買うことができた。

だがなかなか子どもができないことが、若い夫婦の気掛かりだった。

すべてはもう、古い遠い話だった——。

「あら、眠ってるの」

助手席の窓をいたずら半分にノックする千穂の声に、未知子は目が覚めた。婚約者も千穂の肩を抱くようにして、笑顔でこちらを覗き込んでいた。

「さっき見てきたけど、昔のお庭、すごい見晴らしですね。アメリカが見えるかと思った」婚約者は運転しながら、ちらちら身体をひねり、後ろに座る未知子のほうへ愛想のいい、無邪気な視線を向けた。

「あまり前と変わってなかったわ、庭は」隣の助手席から千穂が言葉を合わせた。

「ほら、ほら、危ないわよ、前を見てないと。ゆっくりね、お願い。この辺はカーブが多いし、崖だから」未知子は思わず自分の息子相手に言うような口調で注意した。

「ええ、気を付けます」光比古の事故のことは何遍も聞かされてよく知っているのだろう。婚約者は素直に速度を落とし、しばらく運転に専念した。千穂も改めて事故のことを思い出したらしく、急に沈黙した。

道は上りに差しかかり、軽は少しエンジン音を高めながら坂をゆるゆるとまわって行き、その音と一緒にまた軽い快い眠気が忍び寄った。道の左側にはゆるやかな登り斜面の疎林が広がり、ガードレールが設置されている右側は、切り立った崖になって砂浜へ落ち込んでいる。

あのときガードレールさえあれば光比古の死ぬことはなかったのに――。未知子は眠気に誘われながらも、いつもここを通るたびに呟かずにはいられないことをまたひとり呟きかけたが、その浅くまどろむ未知子の前を光比古のバイクが大きくジャンプしてガードレールを飛び越し、美しい線を描きながら砂浜へ落ちて行く。思えば未知子自身もまたいつか、すべてそれと知りながらジャンプしたことはなかったか。彼女としては精一杯のジャンプを、美しいジャンプを、さあエラン・ヴィタールを——とその言葉を囁《ささや》いたのは、あの古い昔の、若く少し幼い声、その懐かしい囁き、メフィストーフェレスの囁き……という言葉を教えてくれたのも、やはりあの声だった。

何故かすぐには子どもが生まれぬまま、邦彦と未知子の結婚生活は順調に日常化して行った。

家を整えるのは次第に楽しみというより主婦のたしなみとなり、食事を作るのは一緒に食べる喜びのためというより夫への健康上の配慮となり、邦彦は仕事に追われて、帰ってきたあと語らうゆとりもなく、風呂から出ても身を横たえるなりすぐに眠りに引き込まれて行った。

子どもも仕事もない生活は、どこか空しく、だが何が足りないのかは、よく分からなかった。

オリンピックから万博へと、世間では好景気が続き、人手はいつも払底していた。

たまたま町で短大での同級生に出会って、すごく退屈なのよね、子どももいないし、と恵まれた愚痴をこぼすと、優等生だった未知子を覚えていた同級生は急に身体を乗り出した。

「ねえ、うちの会社、手伝ってもらえないかしら、半日でいいから」

道端に立つ二人の傍を二十人足らずのデモ隊が「七〇年安保断固粉砕！」と叫びながら走り過ぎて行き、同級生の誘いに未知子の胸の鼓動が少し速くなった。結婚前、勤めていた頃、朝の早い父親が出掛けたあとの洗面所で鏡の中の自分の顔に出勤のためのメークの手を動かしていると、それからの一日がみなもう見えてくる気がしてきて、早くも疲れが全身に拡がることもあったのだが、同級生の誘う、それと同じような生活がいま急に、何か輝かしい日々を返してくれる約束の地でもあるかのように未知子を招いていた。

夫が社長で同級生が副社長をつとめる会社は、多少とも珍しい食材を外国から仕入れてレストランへ納めていた。配給された米軍放出チーズを石鹸と間違えて風呂へ持ち込んだという日々は遠く過ぎ去り、グルメ作家が世に持て囃される時代になっていたのである。短大時代、簿記よりも近くの国立大体育館でのダンス・パーティに精勤して、将来性のありそうな大学生を本人曰く〈物色、籠絡した〉とかいう副社長は、いまはもっぱら営業担当で、その手腕で会社は盛業だというのが社内の定評だった。だからその分、苦手の帳簿関係を未知子にやってほしいと、敏腕だが気のいい同級生は言った。

久しぶりに事務机の前に座って帳簿の数字を相手にしていると、創業五年の小さな会社の今の勢いがよく分かった。半日勤務ならという約束はとっくに消えてなくなった。海外との遣り取りは国立大優等生で外国語の素養のある社長が引き受けていたが、それも一人では限界になり、社長の後輩の大学院生が週に二日、午後から夜に掛けて、もう今にも分解しそうな中古の軽自動車の空冷エンジン音もひときわ高く、その町までやってくるようになっていた。

東京では安田講堂に学生たちが立てこもって機動隊が突入し、新宿駅周辺の線路に全学連が乱入して電車が止まっていた。田舎町のバイトの院生は先輩の社長に耕平君と呼ばれていて、それが社内の呼び名にもなったが、それでも長髪と小柄な身体に時代の雰囲気を精一杯漂わせつつ、不慣れな欧語商用文と格闘していた。

もっとも、社内で彼のうしろを通り過ぎる女たちは、「耕平君、長髪だけど、天辺は意外と薄いわよ」と、きわめて厳正な評価を下していた。

「そんなに数字ばかり相手にしていて、飽きないんですか」

ある月末、その月の帳簿の締めで恒例の残業をしていると、帰りがけの耕平が声を掛けてきた。

「数字って面白いのよ」未知子はソロバンから手と目を離さずに、答えた。

「あれっ、電卓じゃ、ないんですか」耕平は覗き込んで、無邪気に言う。

「電卓なんか、まだるっこしくて」と答えておいて、未知子は耕平のほうへ向き直った。

「ここで数字を見ていると社内のことがたいてい分かるの。社長が仕事に一息入れたなとか、副社長がまた先々のために石を一つ置いたな、とか。耕平君の生活だって分かるわ」

「面白いかなあ、ぼくの収入なんか分かって？」

「そういうことじゃないの。大学院で勉強しているはずの人が、月にこれこれの収入のために、これこれの時間、何キロ離れた町からここまでわざわざやってきて、アルバイトをやっている――それだけ分かれば、その人の境遇とか将来やなんか、いろいろ考えることができるでしょ。何の仕事でも本気でやってると味が出てくるものなの。難しい学問ばっかりやっている学生さんには分からないでしょうけど」

未知子は、自分の言葉はいつか誰かから聞いた言葉だったなと思ったが、誰からだったかは思い出せなかった。

「何か、いやに皮肉っぽくて、反動っぽいなあ、まだ若いのに――」

思わぬ未知子の反撃に怯んで、どうにか態勢を立て直そうとむきになる耕平は、ざっと五歳ほど年下なのだろうか。そう思えば、年齢相応に可愛かった。

耕平の境遇や将来について帳簿の数字から推察することは、すぐに不要になった。あの残業の日以来、未知子は耕平に誘われて時折デートをするようになり、若い院生はそうした折りに年上の女の話を聞くよりも、もっぱら自分の現在と未来について、いろいろのカタカナ言葉も交えて熱く語りたがったのである。

もっとも未知子にしてもそれに耳を傾けていると、自分の普段の生活にないことがそこに躍動しているような気もしてきて、それなり新鮮だった。

彼の希望は奨学金を取って、ベルリンへ留学することだった。

「東京で騒いでいたって何も分からない。まして、こんな田舎町で――。〈壮大なゼロ〉なんて、無責任の極みですよ。ぼくはベルリンへ行きたい。あそこからは壁を通って東欧圏へ入れるから、ぜひ見てきたい。連中の社会主義ってやつがどれほどのものなのか。そこに未来があるのか、ないのか。今のバイトもその時の費用のためですよ」

たまに少しのビールに酔うと、薄い長髪を掻き上げて叫んだ。

「人生は思い切りじゃないですか、飛躍じゃないですか。エラン・ヴィタールのない人生なんて！」

彼がもっぱら自分について語って、それで満足しているのは、生活上の小さな刺激を求めているだけの未知子にとっても好都合だった。もちろんその小さな刺激でさえ、その町で人の噂になることなく手にするのは易しいことではなかったが、それでもある土曜の午後など、迎えにきた耕平の中古の軽で大学のある地方都市まで遠征して、名画座の暗闇へもぐり込みさえした。名画座特有の暗い画調の画面では、ナチ占領下で蜂起して地下下水道へ追い込まれたワルシャワの女が、光を求めて暗闇を彷徨い、遂に巨大な排水口に辿り着けば、見よ、外では鈍い東欧の空の下、悠々たる大河が流れ、対岸には自由な大地が広がっている。だがそれを目前にして排水口にはめられた黒い鉄格子の影が女の行く手をはばみ、女はその暗い目に深い絶望の色を浮かべて、崩れ落ちるように膝を折った。女の見つめる対岸は暗く静まり返り、そこに陣を張る社会主義ソヴィエトの赤軍の兵士たちは、女の属する自由主義的資本主義的蜂起への助力を拒んで、動かない。暗い客席の若い院生は、女主人公を待つ政治的個人的運命に震撼するあまり、汗ばみ震える手で隣の女の手を初めはおずおずと、やがてはしっかりと握りしめた。

　年上の女はその手から自分の手を抜こうとしながら、どうしてもそれが出来ず、闇の中で自分の胸の鼓動の早さに驚いていた。

　次の週末、副社長が、たまにはご飯でも食べようよ、奢るからと、声を掛けてきた。

夫の夕食は今日も外なので、断る理由はなかった。

小さな寿司屋での女同士、同級生同士の食事は、気楽で楽しかった。

「あなたが来てくれて、ほんとに助かっている」と礼を言った副社長は、そのついでというように、短く付け加えた。

「あなたと耕平君を大学通りで見かけたって言ってる人がいるのよ」

未知子は、そう、とうなずいた。言われて驚きはしたが、弁解も否定もするつもりはなかった。いずれ、そういう日がくると分かっていたような気がする。そういう日が来たときどうするかは考えたことがなかったが、できることは一つしかなかった。

「別にそれでどうこうって訳じゃないの」と相手は言った。「ただ私が頼んで来てもらっていて、耕平君もうちの亭主が連れてきて、それで誰かが不幸になったりすると、ちょっと寝覚めが悪いから……」

「うん、分かる」未知子はもう一度うなずいた。

「気を付けてね、お願い」相手は言った。

次の予定の日、未知子は道端に止まった中古の軽の助手席へそっと乗り込んだ。未知子は車の中で話すべきことを話すつもりだった。だがその日、耕平は急にはしゃいだりまた黙り込んだり、少しも落ち着かなかった。人目のない高台の道に車を止めたとき、未知子が切り出す前に耕平が言った。

「また落ちた。補欠だとさ。奨学金が何だ！　留学が何だ！　ベルリンが何だ！　馬鹿たちに試験されるのは、もう真っ平だ！」

怒りに涙を流している、背の低い、髪が早くも薄くなりかけている若い男への憐れみとも愛ともつかぬものが、突然、未知子を圧倒した。男が次を言う前に未知子はもう彼の頭を胸に抱きしめていた。胸が苦しく詰まって、未知子は自分が初めてほんとうの恋をしていると信じた。

耕平はアパートに誘ったが、未知子は国道沿いのホテルにくるまを止めさせた。その一晩、エラン・ヴィタールという言葉が未知子のなかで反響しつづけた。

それから一週間もしないうちに「メフィストーフェレスの囁きに身を任せた我々」を呪う手紙を未知子に残して、耕平はバイトを辞めた。未知子は、いいえ、あれは私たちの一度限りのエラン・ヴィタールだったのですと、心のうちで答えた。

更に二ヵ月ほどが経ち、未知子は子どもが出来ているのに気付いた。それが夫との季節外れの子どもである可能性もあったが、未知子は、生涯で一度の本物の恋が、それにふさわしい贈り物を残して行ったのだと信じることにした。

やがて男の子が生まれた時、未知子は自由に流れる大河への思いをこめて、光比古と名づけた。

そして二年後、久々に過ごした邦彦との穏やかな夜のあと、未知子は自ずと身籠り、生れた女の子を千穂と名づけた。

6

追悼の会食はなごやかに進んで行った。千穂の婚約が披露され、祝福の言葉が飛び交い、若い死者への悲しみはしばらくの間、穏やかに忘れられて行った。

遠い死者への思い出は、もうとっくに楽しい話題となっていた。この午後の最大の驚きは、おそらくもう百歳に近い父親の姉が、生まれ育った西の海辺の地から孫に付き添われて参会したことだった。伯母がこの地に姿を見せるのは、もう二十年ほど前の弟の葬儀以来だった。

「弟の暮らしていた土地と海を是非もう一度見たいと申しますので、空港からわざわざ海の見下ろせる山のほうの道を回って参りました」

光比古や千穂より、十年ほども年上だろうか。大阪で仕事をしているという孫娘の披露する話に伯母は大きく頷きながら、笑顔でみなに挨拶し、父親を見ぬうちに失った弟の道夫がどんなに優秀な少年だったか、また利かん気の悪戯っ子だったか、でも素直で、学校の絵の先生に可愛がられ、どこか外国の港と船を描いて賞を取った絵が今でも戸棚の奥に残っているなど、ゆっくりと、懐かしそうに語りつづけた。

弟の才智を見込んだ土地の篤志家たちが語らって奨学金を用意してくれ、小学校だけで奉公に出るはずだった少年がそのお陰で中学校、更に高等工業まで行けたいきさつや、姉としては弟が帝大を断念したことだけが心残りだが、それも運命だから感謝しているなどなど……。

そこで語られる挿話の大方はみな既に知っていることだったが、未知子自身に関係することで、一つ知らぬこともあった。

「あんたがお生まれなはったときなあ」と伯母は言った。「あんたの母さんは、父さんの名前からみちという音を取って、〈美知子〉、と伯母は手のひらにその字を書いてみせた。「〈美知子〉いう字にしたかったらしいな。女の子らしい穏やかな響きやさかい。ところが父さんがこれからの女の子は〈未知子〉だ、世の中も変わって行くんやからって言い張りはってな、きかんかったらしい。学問したから、そういうとこは強情やった。学生時代にアカで捕まった先輩もいやはってな、わたしらも気ィもまされたもんや」

懐かしい父親の姿が心に浮かんだ。母親の実世がいつも、父さんは普通の人に見えるけど、ほんとうはそうとう変な人だよ、と言って、笑っていたことが思い出される。母の思いがけない死のあと、ふと父にその話をすると、父は、母さんだってかなり変だった、いや、人間はみんな変なんだよ、誰だって、と言って、やはり笑っていた。

「私も変?」と未知子は聞きたかったが、聞くまでもない気もして黙って一緒に笑った。未知子のなかでの父親はいつも穏やかで、何かを言い張る姿などは想像しにくかったが、それだけに、次第に近づいてくる戦争の気配の中で、この娘の名前はこれでなければならないと言ってくれた真剣な父親の気持ちが嬉しく懐かしく、それを語る老いた伯母の姿を見ながら、未知子は思わず一瞬、涙がこみ上げた。

遠くからきた年寄りの多い集まりは、二時間ばかりでお開きになった。

「あと十年ほどで、日露戦争で死んだわてらの父親の百回忌やろうか。でも、まあ、それまでは無理やろな、私も」

別れの挨拶をしながら伯母が言うのに、別の老人が応えた。「いや、大丈夫、大丈夫、今日のご様子なら。私など、せめて二十一世紀は見たいと思っておりますが、それまでの五、六年がもつか、どうか」

「何を言いなはる、あなたみたいなお若い方が」八十歳を越えたその老人にそう言い返し、まわりの人々がどっと笑い崩れる中を伯母は空港へ向かった。

「やっぱり合同にしてよかったな。父さんのことで、ぼくも知らなかったことが沢山あったよ」

伯母を見送ったあと兄は満足げにそう言いながら、自分も呼んであったタクシーで新幹線の駅へ向かった。

参会者たちの姿が見えなくなったあと、邦彦未知子の夫婦、それに千穂とその婚約者が残った。

「いい会だったな。ご老体たちもみな、それぞれにお元気で」今日の法事と会食の、いわば主催者格だった気疲れを少し顔に滲ませて、邦彦が言った。「光比古も仲よしだったおじいちゃんの昔の話が聞けて楽しかっただろう。さあ、われわれも行くか」

「ねえ、どこかでお茶して行こうよ」千穂が婚約者と目配せをして言った。「ちょっと話もあるし」

「そうか。じゃあ、岬にできたレストランにでも行ってみるか」

夫の言葉に未知子は少したためらったが、すぐに頷いた。別にこだわることはない。時間は過ぎて行き、物事は変化し、人間はみなその中で生きている――。伯母の昔話を聞くうちに気持ちはゆっくりとほぐれていた。

岬に出来た新しいレストランは、行ってみれば変に小洒落たところもない、ごく普通の、穏やかなレストランだった。中年の女主人は、さっきも来た千穂たちを覚えていて愛想よく迎えた。

「うちはほんとうに眺めだけですけど、どうかごゆっくりなさって行って下さい」

注文の品を並べ、そう挨拶すると、女主人は引き下がり、午後のレストランは未知子たちだけになった。

広いガラス窓を通して、穏やかな海と向こう岬のお社の上を舞う鳥たちの姿が見えていた。

「で、話って?」未知子に促され、婚約者が隣の千穂のほうをちょっと見てから、言った。

「仕事も決まったんで、四月に結婚しようと思うんです。少し急なんですけど」

「そりゃ、いいね。そろそろだろうと思っていた」少し照れている彼の言葉を、夫が直截に、助けを出すように受けた。

「急に式場探すの、たいへんだったのよ」千穂が待ちきれないように口を挟んだ。

「夏に赤ちゃんが生まれるの」

「そりゃ、いい。いいよ、それは」夫が急に慌てたように答えて、少し眩しそうに娘の顔を見た。未知子は、それと同じ表情を、いつ何処でだったろうか、遠い昔に見たことを思い出していた。

レストランから出るとき、千穂が何かしきりに婚約者に話し掛けている。頷いた婚約者は、未知子たちのほうへきて、言った。

「千穂ちゃんが、もう一度、砂浜へ降りたいって言うんですが」

「いいよ、ぼくらも付き合うよ」夫は答えた。会食の時など自分も多少飲みたいからと言って、夫が自分のくるまを持ってきていなかったので、未知子夫婦は軽の狭い後部座席に収まってここに来ていた。

「さっき、くるまで通ったとき、上から見えたものがあって、それ、もう一度確かめてみたいから」千穂が説明した。

千穂は光比古の事故の現場を通りすぎ、向こう岬に近い辺りまで行ったところでくるまを止めさせ、長い階段を砂浜まで降りて行った。婚約者がくるまのなかからスコップと大きなレジ袋を取り出して、あとに続いた。未知子たちも階段をゆっくり下りて行くと、向こう岬の崖下に近い辺りで千穂がもう何かを手にして立っている。

「やっぱりそうだわ。きっとお兄ちゃんの奴よ、絶対。事故のとき落ちたのよ」千穂が興奮して、声高に話しているのが聞こえてくる。近よって見ると、古い頑丈そうな双眼鏡が、水にふやけて半ば壊れた革ケースからはみ出ているような姿で、千穂の手にあった。

「なるほど。むかしの軍用らしい」夫がそれを受け取って眺めた。

「さて、どうしたものかな」ひとり考え込むように夫は呟いた。

「私のところに置いておく」千穂は当然だというように言った。

「だが、これはもう使えないよ」

「でも、お兄ちゃんの形見だもん」千穂は憤然としてというより、むしろ寂しそうに言った。

「いや、君たちの新居には、古いものはあまり持ち込まぬほうがいい。赤ちゃんも生まれることだし」夫は穏やかに言って、少し困ったように立っている婚約者から空のレジ袋を貰い、革ケースと双眼鏡をそこに収めて、海のほうへ歩きだした。

「さあ、海へ納めてやろう。光比古だってそのほうが嬉しいだろう」

海岸の岩場の上を辿って先端の岩に立った夫は、うしろに付いてきた若い二人に言うと、手にしたレジ袋から革ケースと双眼鏡を取り出し、その一つ一つを丁寧に海に沈めた。

海中の岩の斜面に落ちた革ケースと双眼鏡は波に揺られ、しばらくためらうように浮き沈みしていたが、すぐにまた各々に、海底へと沈んで行った。

千穂は婚約者の腕にすがるように立ち、もう何も言わず、ただじっとその様子を見つめていた。

「さあ、これで自然に錆びたり分解したりして、二十一世紀には海のものになるさ」

夫が穏やかに言った。

これでいい、と未知子も思った。光比古のものであるのか、ないのか。いずれにせよ、千穂がこれから自由に生きていく為には、双眼鏡は海へ帰らなければならない。

先に砂浜へ戻る未知子のこころに、ふと揺らぐものがあった。久しく一緒に暮しながら、自分は夫の邦彦を分かることなく生きてきたのかも知れない——。

むかし光比古を孕んだとき、未知子は、もし疑われたら何をしてでも一人で育てようと決心していた。だが妊娠を告げたとき、邦彦は「もう子どもは無理かと思っていた」と呟いて一瞬、黙ったが、すぐに明るい声で続けた。

「素敵じゃないか、次の世代がこの世に現れるなんて。大事にしてくれよ」

それは言葉だけではなかった。邦彦は妊娠した妻を気遣って、あれこれ不器用に世話を焼くようになった。やがて光比古が無事に生まれてからも、妻への気遣いは変わらなかった。

光比古の妊娠を機に同級生のところでの仕事を辞めて家へ戻った未知子には、それが時として妻の不貞を疑っての監視であるように思え、時として自分の自由が奪われ、自分がきわめて不当な扱いを受けているようにも思えた。

すべては自分の側の、未熟な思い過ごしだったのかも知れない。自分の一瞬の恋を肯定しながら、しかし心のどこかでやましさを否定できなかった自分自身の。

邦彦は妻への疑いに黒白《こくびゃく》を付けるよりも、それをいま古い双眼鏡を海に沈めたのと同じように、そっと、深く静かな時間の海へ沈めることを選んだのだ。

自分と妻と、そして何よりもこれから生まれてくる子どもが、みな自由に、未来へ向けて生きて行けるように——。

やがて千穂を身籠った夜の邦彦の、何も含むところのない穏やかさ、暗い光のなかの微笑みが、古くおぼろな記憶の中でゆっくりと揺れた。


砂浜に立ち、昔と変らぬ波の音を聞きながら三人を待つ未知子のなかで、死んだ父親が晩年、ときおり思い出したように口にしていた英語の諺が聞こえていた。高等工業の歴史クラブで顧問の先生が教えてくれたのだという。

Everything comes to those who wait.

待つことを知るものには、すべてが与えられる——。

午後になって、海から吹く風が春の風に変わって、夕暮れに傾く浜辺を暖めている。

はるか昔、遠い西の浜辺で父親に会うことなく生まれ、篤志家たちの好意で高等工業に学ぶ少年が、その諺を呟きながら歩く姿が、老いを前にした娘の目に浮かぶ。

その少年がやがて父親になり、娘を持ち、日々が過ぎ、年が重なって、定年間際の新築祝いの夕食の席で自分から娘の見合いと結婚を話題にしながら、さっき千穂の妊娠を聞いたときの夫と同じような、何か眩しそうな眼差しで、まだ娘だった自分を見ていたのだった――。

遠い記憶のあれこれが心に甦ってきて、未知子は切ない懐かしさに胸がいっぱいになった。

人間はなぜ残り時間が少なくなるにつれ、かえって待つことを覚えるようになるのだろう。自分もいつかは、最後に一緒に暮らしたときの老いた父親のように、穏やかな充ち足りた心で、あの諺を呟けるようになるのだろうか。

潮が満ちてきて、三人が岩場を辿りながら、言葉少なに戻ってくる。砂浜に彼らの影が長く伸び、見上げると向こう岬の神社の上では明るい空を背にして、黒い海鳥たちの群れが自由に自在に奔放に飛び続けていた。

この物語の終りから二十一世紀までには、あと七年ほどが必要だった。人々はまだ、道夫やその姉の生まれ育った西の土地を大震災が襲うことも、異形の宗教団体のテロルが崩壊しつつあった日本の繁栄の夢に止めを刺すことも知らない。そして二十一世紀の最初の年には、旧世紀のパクス・アメリカーナの権力中枢が、ハイ・ジャックされた数機の旅客機で襲撃される。

この物語の人々が生きた時代とは違う時代が始まったのだ——。

だが、向こう岬の上の鳥たちの群ればかりは変ることなく、今日も鋭い啼き声を交わし合いながら飛びつづけている。

読み違い

乱視が進んだのか、脳神経の配線に乱れが生じていたのだろうか。七十代の初めの頃、言葉の変な読み違いをよくした。例えば旅先で駅の立ち食いそばやの壁に並んだ品書きに「大王そば」という珍しい品を見つけ、試しに注文してみようとしてもう一度見直すと、「天玉そば」だったりした。

だが二、三年でそういうこともまたなくなり、少しさびしい思いをした。建物の取り壊しで見えた向こう側の風景が、建物が建て直されてまた見えなくなったような感じだった。

ところが先日、新聞を開くと一面まるまるの大きな広告があり、いちばん上に左から右まで横書きで「タクシーのご一行」と書いてある。その下にはイラストで少しとぼけた老若男女の群れが描かれている。ただタクシーの絵は見えない。

アベノミクスのご時世だからタクシー業界も打って出て、老若男女みなタクシーに乗ろうというのだろうが、何か今ひとつ決まっていない。

寝起きにそんな埒《らち》もないことを考えながら紙面を眺めていると、次第々々に横書きの「タクシーのご一行」が実は「ワタシの一行」だということが、意識に映ってきた。某大出版社の文庫の広告だったのである。

それに気付いたとき不意に弟のことを思い出した。私が「天玉そば」を「大王そば」と読み違いをしていた頃は元気だったのに、そのあとの十年足らずの間に、いなくなってしまった。

リンパ腺ガンの初発を危うく先端医療で切り抜けたあと、時折の短い入院など治療は続けながらも、仕事と少閑の充実した日々を暮らし、これならいつまでもこれで行くのではないかと周囲が信じ始めていた——その矢先だった。

六歳違いの弟は、子どものころ、信じられない読み違いを始終するので家族うちで有名だった。今でもそのいくつかが、忘れられない。

戦争が終わって数年経ち、ようやく世の中が落ち着いてきて、薄っぺらだった少年雑誌も昔通りに分厚くなってきた頃だった。小学生だった弟も何か毎月連載の少年小説に熱中していたらしかったが、それが終わったという。

「『真珠のトンビ』が終わってさ……」

私たちは戦災を免れた東京郊外の、狭い、畳ばかりの家で、三世代七人の家族が何やらごたごたと暮らしていたが、本日発売の少年雑誌を抱えて帰ってきた弟がそう言ったとき、それが耳に入った母と私、それに学校に上がったばかりの妹までが、思わず弟の顔を見た。

ちょっと間が空いたあと、母が、

「××ちゃん、あなたが愛読していたのは『真珠のともしび』でしょう?」

と、何故かひどく嬉しそうに言った。だが本人は言われて別にびっくりした様子もなく、ごくふつうに「あれ、そうだった?」と言うと、そのままその辺の畳に腰を下ろして、いま買ってきた今月号を読み始めた。

連載がつづいていた一年ばかりの間、題名をずっと『真珠のトンビ』だと思ってい
て、別に変だとは思わなかったらしい。そういう無頓着さは、一生、変わらなかった
ような気がする。

もっと幼い、幼児の頃の弟のことも、何か古い紙に太い鉛筆で描かれた画のように、あるいはそれが動いている無彩色の動画のように、私の古い記憶のなかに残っている。戦争末期、私は学童の集団疎開で群馬の低い山の中で暮らしていたが、やがて東京に残っていた家族も、埼玉の農家の大きな庭先に空いている隠居所を見つけ、そこへ疎開することになった。

鉄道の切符入手もままならぬ時代だったから、私も初めから家族の疎開先へ合流できた訳ではなかったし、そもそも空襲下の東京で暮していたはずの家族が疎開したこともよく判っていなかったが、ある朝早く、集団疎開先で暮らしていた私の前に突然父親が現れると、すぐに私の所持品を纏《まと》めて麓《ふもと》の地元の学校まで下り、そこで何やら手続きを済ませ、その次に気がついた時はもう電気の点く夕方になっていて、私は二

部屋続きの農家の隠居所に家族と一緒に座っていた。

　そのとき十歳だった私は、心のどこかにまだ幼児めいた、ぼんやりした場所を残していたのだろう。その日に乗ったはずの木炭バスや汽車の記憶は欠落しているし、そもそも、日々他の疎開児童たちにまじって集団で寝起きするような生活がいま終わって、また家族と一緒に暮らすようになったのだということが、そのとき、どれだけはっきりわかっていたのだろうか。

　覚えているのは、集団疎開先で質量共に乏しい食事に慣れていた私の前に突如現れた、その日の夕食の白米ご飯と麩《ふすま》抜き小麦粉のすいとん汁両者の、ひたすら白い輝きばかりである。

　いつの間にか疎開先での家族との生活が始まっていた。私は毎朝初夏の砂ぼこりの国道を私鉄の駅の向こうまで、初めは下駄で、その鼻緒が切れたあとは裸足で、四キロほど歩いて学校へ通った。

　学校の半分は兵舎になっていて、何故かそこにひとり、のんびりと草鞋《わらじ》を編んでいる兵隊さんがいた。運動靴はもとより下駄も、そして更には草鞋さえも、もう貴重品になっていた。

私たち四人兄妹のうち、中学に通っていた兄は学校ごと長野に疎開していたし、妹はまだ生まれていなかった。残るのは六歳年下の弟で、十歳の私から見れば赤ん坊と大差なかったが、それでも数ヵ月見ないうちにそれなり成長はしていて、私よりか十日ばかり、あるいは二週間ばかりも先にそこでの生活を始めていたのだろうか、早くも母屋と隠居所の間の広い庭で地元の同年輩の子どもたちの後を追いかけ、駆け回っていた。

都会の子で頭一つくらい他の子たちより大きいのに、どこか動作がのろいので、なおさらその余所《よそ》ものぶりが目立った。

学校が午前中で終わった日、庭で騒いでいるチビたちを隠居所の縁側から見るともなく見ていると、母屋の縁先に握り飯が用意してあって、やがて腹が空いてきた頃合いを見計らい、あたりを睥睨《へいげい》、統治しているガキ大将が言い出す。

「さあ、結び、食うべえ」

土地の言葉は何を言っても語尾にベエの付く、いわゆるベエベエ言葉で、ガキ大将の一言に他の子たちもみな異論なく、口々に「食うべえ、食うべえ」と縁側へ集まって行ったが、隠居所の縁先でそれを眺めていた私は驚いた、というより呆れた。生まれてからベエベエ言葉など聞いたこともなかったはずの弟が、無邪気と言うか無頓着と言うか、何の違和感もないらしく、自分も「お握り、食べベエ、お握り、食べベエ」と言いながら、頭一つ飛び出した大きな身体を揺らし、みなの後を追って縁側へ駆け寄って行くではないか。

一般的に言って、どこの土地の子どもたちも余所ものの言葉に寛容とは決して言えないものだが、このときばかりは地元の子どもたちも、この都会から迷い込んできた大柄で鈍間《のろま》な幼児の奇妙な言語的混淆に気付いてもいない気配で、ただそこを目撃した十歳の兄貴ばかりが弟の無頓着さを、性格というよりいわばその存在論的特徴として、生涯にわたって記憶することになった。

戦争末期の一時期、長男を中学校の長野移転とともに手放し、次男の私を集団疎開させた母の手元には、幼児だった弟だけが残ったので、母の弟への気持ちには何か特別な愛着が終生抜けずに混じっていた。敗戦の直前に妹が生まれ、末っ子で唯一の女の子だったからそれはそれで母にとって特別な存在となったが、しかし妹のまだ生れぬ前、空襲が日々繰り返され、人々が明日を生き延びられるかどうか、日々自問しつつ暮らしていた時期に、ただ一人自分の手元に残された幼児を目にすることは、それだけで掛け替えのない喜びであったに違いない。

敗戦後、空襲や病死で両親縁者をみな失い、自分だけは疎開していたなどの理由で助かった子どもたちが、混乱と崩壊の中で何の庇護もなくいわゆる浮浪児となり、駅の地下道や闇市の片隅などで肩を寄せ合い暮らしている姿は、しばしばラジオ放送や半截《はんせつ》タブロイド判の新聞などで社会的話題になっていた。そういうとき母はいつも、一人離れて集団疎開をしていた私を眺めては、「ちょっとの違いで同じになっていたのかも知れなかったんだねえ」と繰り返したが、同じことを弟について言うことはなかった。

母はおそらく連夜の空襲の中で自分の手元に唯一残された幼児を抱きしめつつ、一緒の死を迎える運命を考えることはあっても、自分にせよ子どもにせよ片方だけが生き延びることは決して考えられなかったのだろう。自分と幼児が別の存在だとは、もう思えなかったのだと思う。

戦争がとっくに終わってからも母が弟に示す特別の愛着を感じると、私はそこに、あの空襲警報を告げる不吉なサイレンの音を聞いた。それは少年の私にとっても、初めのうちは興奮と昂揚を、だがやがて戦局の悪化とともに炎の恐怖と死の予感を呼び起こす音になっていた。


戦後は、最初の混乱の時期が終わるとしばらくは、なだらかに過ぎる時間だった。ときおり朝鮮戦争拡大の脅威や東西核対立の激化が兵役年齢の近づく若者の心を騒がしたが、それもいつしか無事に過ぎると、人々は身の回りの小さな関心事、心配事、期待へ戻って行った。

人々はその時期、自分が自分なりに平穏かつそれなりの安定感を以て暮らせることで、心が満ち足りていたような気がする。もう空襲はない。今年の冬は多分、去年着古したなけなしのセーター一枚に加えもう一枚、もう少し暖かでもう少し華やかな色合いのセーターも買えるだろう。そのことを考えると心が和む……。

もちろん、そういう単純に仕合わせな時期は長くは続かず、時代の流れはやがて誰もが何事も周囲との比較で、自分の暮らしが隣の誰かよりもヨリ豊かか、ヨリ贅沢か、ヨリ上等かばかりを気にするようになって行った。しかし私自身が子どもから青年になる時期には、そういう単純な、一枚のセーターに幸福を感じる感覚の残照がまだ人々の心に残っていたし、それからざっと七十年が過ぎた今もそれが自分の感じ方のどこかに隠れている気配があって、そろそろ末期高齢者の領域に入りつつある私は、そのことを自分の人生の仕合わせの一つに数えている。

私より六歳年下の弟の成長期には、客観的に言えば、そういう敗戦後の牧歌的時代は過去のものになりつつあった。例えば戦前の少年青年たちを悩ませていた受験戦争は、戦後社会の経済的平準化の中で、より深化し激化した形で復活してきていた。だが弟自身の子ども時代は、およそそうしたものと無関係に過ぎていたような気がする。少年の彼は周囲のそうした雰囲気にはおよそ無頓着に、おそらくはそうしたものが存在することにほとんど気づきさえせず、のんびりのほほんと日々を過ごしていた。

親たちもまた、父親は戦火が過ぎた今、勤め先での自分の仕事の充実と進展に確かな手応えと満足を感じている気配だったし、母親はかつての幼児が無事少年になって、自分の身近で好きに、楽しく生きていることでもう充分に満足していて、自分は焼け跡にたちまち出現した俄《にわか》作りの繁華街へ十数年ぶりの洋画を見に出掛けたりなどしていたから、二人ともそれ以上、子どもの生活に口を出すことなど、思いつきもしない様子だった。

弟は何故か熱烈な航空ファンだった。物心ついた頃は占領下で、日本の航空機の飛行も製作も研究も一切、禁じられていたが、かえってそのせいだったのだろうか、西洋人を〈毛唐〉と呼んだりしながら、古雑誌で見つけたゼロ戦やら何やら、戦時中の飛行機の絵を色鉛筆で丹念に写し描くのに熱中していた。

その翼と胴体には、敗戦末期の特攻隊の悲劇などなかったかのように、必ず日の丸が赤く、くっきり、美しく描き込まれていた。

まだ弟が小学生の頃だったが、あれはいったい何だったのだろう？　いずれ本人が勝手に応募したのに違いないのだが、何かの抽選で弟が何処か近くのグランドでのへリコプターの試乗に当たり、用事で行けない母に言われて中学生か高校生の私が、いわば保護者代理で付いて行ったことがある。

旅行にせよ仕事にせよ、身の回りで実際に飛行機に乗ったことのある人など、周囲の大人でもまったく皆無の時代だった。電車で二駅ばかりの会場に着くまで、のんびりやの弟もかなり緊張の面持ちで、ほとんど口を開かなかった。待つうちにやがて弟の順番が来て、数人の子どもたちが乗り込んだヘリコプターが轟音を響かせて浮かび上がり、飛び去った。

近くで聞くヘリコプターの音があれほど凄まじいものだと知らなかった私は唖然としてそれを見送ったが、飛行時間は五分ぐらいだったのか十分ぐらいはあったのか、ヘリコプターはあっけなく戻ってきて、ぶじ着陸し、他の子どもたちに混じって弟も降りてきた。

そのときの弟の緊張し切り、興奮し切った表情は、こう書いていてもその子ども顔を思い出す。降りてきてからもその表情は解けず、帰宅してからようやく、弟は一言、うちの屋根と庭が見えた、と言った。

ことによったら、あれが彼の一生を決めた日だったのかも知れない。やがて大学受験の年齢になったとき弟は、地元の東京ではなく、京都の大学で航空工学を専攻すると言い出した。

何か今でもよく分からないのだが、占領下での航空機の飛行・研究禁止から生じた特殊な状況や分野の片寄りがまだ残っていて、東京の大学では自分のやりたい研究がやりにくいとかいうことのようだった。

母は最愛の息子の京都行きの話に、何か嬉しそうに興奮していたが、あまり反対している気配はなかった。一つには父がもともと神戸育ちで、そこにはまだ伯母一家が暮らしていたので、初めての一人暮らしでも京都なら多少は安心だという事情があったが、それよりもむしろ、特別の愛着のある息子の熱烈な希望をぜひとも叶えてやりたいという母親の強い気持ちが、子どもを手放す自分の淋しさにまさっていて、それで我にもあらず浮き立ってもいる……。

そう私には見えた。

問題は、だが、まったく別のところにあった。飛行機の他にも古外国切手とか、中古と言うか、いっそ大古と言うか、外国製の古ぼけた巨大なオートバイなどなど、いかにも当時の少年らしい関心事にかまけて暮らし、とっくに戻ってきていた周囲の受験熱からはるかに遠く離れた日々を送っていた弟が、そもそも志望の国立大学に受かるのかどうか。少なくとも高校の父母相談会での先生たちの反応は、今の成績からするとなかなか大変かも知れませんねえ、と口では穏やかに言いつつも、本音は、まず無理、いやむしろ無謀でしょう、というに近いようだった。

だが春の進学相談から帰ってきた母からそういう話を聞いても、本人は別に慌てることもなく否定することもなく、ほとんど無頓着に聞き流しているように見えた。

それを脇で眺めていた兄妹は、あれじゃあ無理だよね、危機感がないもん、と半ば公然と言い合って、無頓着な弟を流石に少し怒らせもした。

そのあとも弟が特に勉強に身を入れ始めた気配は見えぬまま、学校の高原寮での夏の受験合宿で奇跡でも起きたのだろうか、何がどうしたのかは今でもよく分からないのだが、翌年の春には彼は志望大学の新入生として京都での生活を始めていた。

神戸では年上の従姉たち二人が、叔母の懐子《ふところご》である従弟が近くの京都で初めての一人暮らしになり、ときおりは人懐っこく訪ねてもくるのを親切に世話してくれた。

そのころ私は工学部から文学部へ転籍した挙げ句の院生で、正直、弟のことなど関心の外だったが、それでも関西へ行く折りがあれば一応は弟の学生アパートに寄り、神戸の従姉たちのところへも行った。ところが話が弟のことになると従姉たちがケラケラ笑う。

「あん人、素直やなあ」と姉が言うと、妹がそばで声を出して笑う。姉は好意溢れた笑いを噛み殺しつつ、続けた。

「京都に来て一ヶ月経っていたやろか、初めてうちに来てくれはった時な、もう京都弁、喋られはってたわ」

「京都弁言うか」と妹がそこへ、嬉しそうに口を挟む。「何や関西弁言うか……。本人はそのつもり、言うか……」そしてまたケラケラ笑う。

私は途端に幼い弟の、疎開先での「お握り、食べべエ、お握り、食べべエ」を思い出した。

そして、なんて主体性のない奴だ、昔も今も！　と心に悪態をついた。

あの疎開先での短い夏、幼い私は自分の言葉を捨てる気になれなかった。不慣れな地元の言葉を無理して使うのはまわりへの阿《おもね》りに思えて、ことさら東京風の言い方を際立たせ、下校仲間の反感をかき立てていた。

だが今にして思えば、弟は疎開のときも京都で下宿したときも、そこへうまく受け入れてもらうために無理に奇妙な土地言葉を使った訳ではなかったのだろう。疎開の土地でも自分の身に付いた言葉を使うことが幼い主体性主義者だった私の意地であったとすれば、周囲の連中が別の言葉を使っていれば自ずとそこへ引き寄せられ、その言葉を危なっかしく使いながらそこへ溶け込んで行くのが、生来無頓着で自由な生の形を持つ弟の自然だった。

そもそも彼の京都行きにも、大学の専攻のためばかりではない気配があった。十八年を疎開の時期を除いては東京で暮らし、あれこれの巡り合わせで兄二人と同じ一貫制中学高校へ通うことになった。そしてその兄二人は東京の大学・大学院へ進んだ。

そして自分の受験の時期が来て、さて、どうするか。

ふと今までとは別のことがしたくなり、兄貴たちとは別の道筋を辿りたくなって、別の土地へ引き寄せられて行ったのだということが、いまこうして書いていると、改めて自然のこととして実感されてくる。そして結局、弟はそのとき引き寄せられた文化圏で生涯を過ごすことになった。

十八歳で弟は生まれ育った東京ではない別の文化圏で暮らしたくなって、京都へ行った。そして結局生涯を広い意味での関西文化圏で暮らすことになった。

それはある意味で里帰りでもあった。

私の家系は元は尾張の百姓だが、父の父親が明治の中頃に村を離れて海沿いの新開地、神戸へ出たので、父は瀬戸内生まれの瀬戸内育ちになった。父はごく幼いときにその父親を亡くしたのでそれなりの苦労はあったようだが、幸運にも周囲の知人や篤志家に助けられ、質素ながら東京で大学へ行くことになり、そのままそこで所帯を持った。だがそれでも父の記憶の中でいちばん楽しかったのは、京都での旧制三高の寮暮らしだったらしい。

弟が京都を目指した理由の一つには、食卓などでの父のそうした思い出話の影響もあったのかも知れない。そういう素直な単純さ、単細胞ぶりも、今となってはひどく弟らしかったと思えて、懐かしい。

一昨年の春、私が不在の時に電話があり、メモしてあった番号に電話してみると、時折入院する病院の病室だった。いつもと変わらない穏やかでゆったりした声が「ちょっと入院している」と言う。見舞いに行こうか、と言うと、いや見舞いは家族だけにしている、と答えた。私と話すときはおおむね東京風の言葉だったが、そこにはいつからか、ごく自然に関西系のアクセントが聞き取れるようになった。弟は修士の院生の頃、大学祭を機縁に地元出身の才媛と知り合い、ドイツあたりでふらふら暮らしていた私より先に、早々に大阪で結婚して、二人の娘を持った。

飛行機の技術屋という仕事の性格上、住まいは必ずしも関西ではなく、むしろ飛行場のそばでの地方暮らしが長く、またその電話をもらった時は、会社退職後に所属した研究機関のある東京の暮らしになっていたが、関西系の家族を持った弟にとっての本来の地元は自ずと関西になり、やがて完全に引退するだろうときには関西へ戻るのが自然になっていた。

娘の一人が仕事の必要に導かれてアメリカで暮らすようになり、やがてアメリカ人と婚約したとき、私や妹は大いに笑って、「〈毛唐〉との結婚を許すのかね」と弟をからかったが、本人も可笑しそうに笑うばかりで、娘婿の〈毛唐〉とも技術屋同士のよしみで、すぐに気の置けない仲になった。

見舞いは家族だけ、という言葉を聞いて私はそうした家族たちの顔と歴史を順々に思い浮かべた。変な関西弁を従姉たちに笑われながらも、風に自然に運ばれた種子のように、自分が行き着いた土地に逆らうことなく、自ずとそこに馴染み、そこで家族を作り、仕合わせな人生を暮らしてきた……。

そのことが、見舞いは家族だけという言葉から伝わってきた。

子どもたちがまだ小さかった頃、私たちは一度だけ、二家族合同の、登山というより山歩きをしたことがあったが、そのときも弟の指示するペースを守って登り、指示する時間に従って休み、指示する量の水を飲み、それからまた同じように登り、同じように休み、同じように水を飲みしているうちに、目指す場所に何の無理な疲れもなく着いていた。そして足弱の私たち夫婦も、周囲に広がる山の風景を余裕をもって楽しむことができたのだった。

じゃあ、退院したらな。また神田あたりで。

見舞いは家族だけにしている、という弟の言葉を受けて、私は言った。それは病気になってから繰り返した何回かの入院の時と同じだった。

ああ。また、あいつも一緒に……。

弟もいつものように、大昔、兄の「真珠のトンビ」に軽蔑の色を見せた、あのおませな妹の名前を添えて答え、私は電話を切った。それが最後になるとは思っていなかった。

弟の葬儀は、入院していた病院に近い東京の葬儀場で行われた。父親の棺を囲むように立つ娘たち二人と妻。そして私たち東京の兄妹たちが立ち合った。すべてが終ったとき、かつて京都で知り合い、結婚した弟の妻は、重い骨壺をしっかりと抱きしめ、関西育ちの二人の娘に守られて、今では疑いもなく弟の土地である関西へ戻って行った。

十八歳で高校を出て、何かに誘われるように京都へ行った弟の居所は、確かにそこにあるのだった。

あとがき

数年前、大学同期の文芸評論家・松本道介が、自分たちの同人誌『季刊文科』（鳥影社発行）に何かエッセイでも書かないかと声を掛けてくれたとき、敗戦後まだ日の浅いころ自宅の何処かに転がっていた、旧軍用のいかつい双眼鏡とその革ケースが心に浮かんだ。

始めは短いエッセイの題材に見えたその双眼鏡と革ケースだったが、思い掛けなく、そこから久し振りの小説「岬」が生まれ、更に幻戯書房の名嘉真さんから、その「岬」を表題作とする短篇集を作ってみないかという誘いを受けて、この本ができた。

この本の前半の二篇は三十代半ばの旧作、「師の恩」と「夏の光」で、ともに大巾に改稿されているが、前者が基本的に旧稿を受けての加筆であるのに対し、後者は旧稿への、あるいはその若い作者への、批判的、否定的な改稿である。その作業にあたっては、名嘉真さんの示唆に助けられることが多かった。

今回、新しく書いて、この本の半ばに置いた「時・光・変・容」の掌編四つが、凡そ半世紀を隔てて書かれた前半の二作と後半の二作を、分け、かつ結ぶ、架け橋になってくれることを願っている。

そしてこの本の最後には、異例ながら、心の愛着に引かれ、小説ならぬ短い回想「読み違い」を置いて、全体を閉じた。

関係の人々と星々のよき巡り合せに感謝したい。

二〇一八年　初秋

柴田翔

［追記］

何かエッセイでも書けと言って、本書成立のきっかけを作ってくれた松本道介は、今はもうこの世には居ない人になってしまった。記して、深い感謝と哀悼の念を献げたい。

初出

師の恩＝「群像」一九六九・三／『燕のいる風景』筑摩書房、一九七九／
　同　新潮文庫、一九八二
夏の光＝「新潮」一九六九・五
時・光・変・容＝書き下ろし
岬＝「季刊文科」二〇一二・六
読み違い＝「季刊文科」二〇一三・九

（書き下ろしを除く作品には、本書収録にあたり、大幅な改稿が施されています。）

装幀　伊勢功治

柴田翔（しばた・しょう）一九三五年、東京生まれ。東京大学大学院独文科修士課程修了、独文研究室助手、ドイツ留学。その後ドイツ滞在、都立大学講師などを経て、東京大学文学部助教授、教授。一九九五年三月、定年退職、名誉教授。二〇〇五年三月まで共立女子大文芸学部教授。一九六四年、『されどわれらが日々――』で芥川賞受賞。その他の著作として、小説に『われら戦友たち』『地蔵千年、花百年』、エッセイに『記憶の街角遇った人々』『詩に誘われて』、文学研究に『ゲーテ「ファウスト」を読む』『闊歩するゲーテ』、翻訳にゲーテ『ファウスト』『親和力』など。

岬《みさき》
二〇一八年十月十日　第一刷発行
著　者　柴田　翔
発行者　田尻　勉
発行所　幻戯書房
郵便番号一〇一－〇〇五二
東京都千代田区神田小川町三－十二
岩崎ビル二階
電　話　〇三（五二八三）三九三四
ＦＡＸ　〇三（五二八三）三九三五
ＵＲＬ　http://www.genki-shobou.co.jp/
印刷・製本　美研プリンティング
落丁本、乱丁本はお取り替えいたします。

定価はカバーの裏側に表示してあります。

ISBN 978-4-86488-155-5　C0093

線量計と奥の細道　ドリアン助川

「3・11」後の日本がどうなっているのか、目と耳と足で確かめた路上の記録——2012年、著者は自転車「メグ号」と線量計とともに、東京・深川から東北をめぐり岐阜・大垣までを辿った。芭蕉の背中を追って、逡巡しながら、生きる、ということ考えた日々……「それでも旅を続けろ」。書き下ろし長篇紀行エッセイ。　2,200円

骨なしオデュッセイア　野村喜和夫

06:33AM、じゃ、さようなら。07:00AM、幽体離脱。10:15AM、解雇通告。11:05AM、ほらほら、これがぼくの骨……背骨をベッドに残して夢遊する男と、残された背骨に水をかけ栽培する女。ある一日を斬新な構成と文体で切り取り、詩と小説の融合を目指した、詩人の幻想小説あるいは長篇散文詩。　3,200円

東十条の女　小谷野 敦

谷崎と夏目の知られざる関係、図書館員と作家の淡い交流、歴史に埋もれた詩人の肖像……表題作ほか文芸時評で高い評価を得た「細雨」に加え、「潤一郎の片思い」「ナディアの系譜」「紙屋のおじさん」「『走れメロス』の作者」の全六篇を収録。私小説の実力派が、“いまの文学”に飽き足らないあなたに贈る短篇小説集。　2,200円

戦争育ちの放埓病　色川武大

銀河叢書　落伍しないだけだってめっけものだ——昭和を追うように逝った無頼派作家の単行本・全集未収録随筆群、待望の初書籍化！　阿佐田哲也の名でも知られる私小説作家が折に触れて発表した、珠玉の86篇。阿佐田名義による傑作食エッセイ『三博四食五眠』(2,200円）も好評既刊。　4,600円

増補版　60年代が僕たちをつくった　小野民樹

ここに登場するのは、1946年、7年生まれの、東京郊外の公立高校の同期生たちである。「教養小説」の伝でいえば、「教養ノンフィクション」とでもいったらよいかもしれない——同世代から支持された旧版（2004年刊）から13年。単なる60年代論を超えた名著に、都立西高同級生のその後を増補。　2,500円

琉球文学論　島尾敏雄

日本列島弧の全体像を眺める視点から、琉球文化を読み解く。著者が長年思いを寄せた「琉球弧」の歴史を背景に、古謡、オモロ、琉歌、組踊などのテクストをわかりやすく解説。完成直前に封印されていた、1976年の講義録を初書籍化。琉球文化入門・案内書として貴重な一冊。生誕100年記念出版。　3,200円